Das Buch

Tagtäglich werden die Redaktionen der Nachrichtenmedien mit bunten und vermischten Meldungen aus aller Welt überflutet. Seit Ulrich Wickert die ›Tagesthemen‹ moderiert, trägt er allabendlich mit ironischer Miene eine dieser kleinen Geschichten zum Abschluß der Sendung vor – als Überleitung von den großen politischen zu den kleinen meteorologischen Katastrophen. Es sind skurrile, oft aberwitzige, nicht selten auch nachdenklich stimmende Geschichten von menschlicher Torheit und Eitelkeit, von bürokratischem Unsinn oder enthemmter Profitgier, die immer neue Sumpfblüten treibt. Statt mit einer Moral wie in früheren Zeiten enden die kleinen Moritaten profaner mit der unveränderlichen Formel: »Das Wetter.« – Die vorliegende Auswahl ist in Kapitel mit ironisch-meteorologischen Titeln unterteilt und liebevoll illustriert.

Der Autor

Ulrich Wickert wurde 1942 in Tokio geboren, besuchte ein französisches Gymnasium, studierte in Deutschland Jura und in den USA Politikwissenschaft. In den 70er Jahren arbeitete er für das TV-Magazin ›Monitor‹; von 1977–1990 war er ARD-Korrespondent in Washington, New York und Paris. Seit 1991 moderiert Ulrich Wickert die ›Tagesthemen‹.

Als Heyne-Taschenbücher liegen außerdem vor: *Und Gott schuf Paris* (19/336); *Frankreich – Die wunderbare Illusion* (19/161); *Weltblicke* (19/188); *Angst vor Deutschland* (19/221).

Die Illustratorin

Brigitte Schneider wurde 1946 in Augsburg geboren. Sie studierte Graphik-Design an den Fachhochschulen Kiel und München und wandte sich nach anfänglicher Tätigkeit als Designerin der Malerei und Karikatur zu. Sie hat bereits zahlreiche Bücher illustriert.

ULRICH WICKERT

»DAS WETTER«

Mit Illustrationen
von
BRIGITTE SCHNEIDER

WILHELM HEYNE VERLAG
MÜNCHEN

HEYNE ALLGEMEINE REIHE
Nr. 01/9763

Umwelthinweis:
Das Buch wurde auf
chlor- und säurefreiem Papier gedruckt.

2. Auflage

Redaktion: Birgit Groll

Wilhelm Heyne Verlag GmbH & Co. KG, München
Printed in Germany 1996
Umschlaggestaltung: Atelier Ingrid Schütz, München,
unter Verwendung eines Fotos
von Thomas & Thomas / Thomas Lüders, Hamburg,
und einer Zeichnung von Dr. Heinrich Hoffmann
DER FLIEGENDE ROBERT aus dem STRUWWELPETER
Satz: Schaber Satz- und Datentechnik, Wels
Druck und Bindung: Ebner Ulm

ISBN 3-453-09288-0

Inhalt

Vorwort

Im Anfang, so steht geschrieben, war das Wort, doch das ist ein weitverbreiteter Irrtum; denn vor dem Wort war das Denken. Leider hat dieser Irrtum zur Folge, daß mit dem Wort nicht so genau umgegangen wird, wie es das Denken verdient. Um die Verwirrung, die durch bewußt falsche Benutzung ausgelöst wird, ein wenig zurechtzurücken, ist es sinnvoll, auf die Sprache aufmerksam zu machen. Und dazu dienen diese kleinen Geschichten, die alle – unglaublich! – wahr sind. Als Ereignisse sind sie nur kurze Blitzlichter im Weltgeschehen und kaum ein Verweilen wert, und doch zeigen sie, wie real das Absurde in unserer Welt ist. Die eine der erzählten Begebenheiten löst ein Lächeln aus, eine andere Kopfschütteln, die dritte Nachdenken. Allen ist gemein, daß sie kaum zu glauben sind – entweder, weil sie dem widersprechen, was der ›gesunde Menschenverstand‹ für möglich hält, oder aber weil sie zwar erkennbar wahr sind, der Vernunft jedoch so widersprechen, daß sie nach Menschenempfinden nicht wahr sein dürften. Und so ist es ja mit dem Absurden: Das Alltagsleben ist seines Sinns entleert, und der Mensch vollzieht Handlungen, die keinen Zusammenhang mit dem bilden, was allgemein als sinnvoll beurteilt und damit als ›wirklich‹ wahrgenommen wird. Nun löst das vermeintlich Unwirkliche häufig Situationen aus, die unwillkürlich komisch sind. Und so liegt in dem Witz so mancher Geschichte ein aufklärendes Element. Auch zur Unterhaltung tragen sie bei, denn schließlich sind sie aus einer gewissen Not geboren, die vorgegeben war. Wenn die gewichtigen Nachrichten gemeldet sind, dann sieht sich der Interessierte wieder mit all der Unbill der Kriege und Hungersnöte, der Regierungs- und Hofskandale, der Wirtschafts- und Theaterpleiten beschwert, und um wenigstens einmal aufatmen zu können, soll ihn solch eine Geschichte erleichtern. Nicht für ewig freilich, denn auf das Wort folgt am Ende – das Wetter.

Verbreitet Niederschläge

Empfindlicher Magen

Beute machen ist zwar nicht die Aufgabe von Soldaten, aber die tun ja sowieso manches, was nicht unter die Dienstvorschriften fällt. Deshalb sind zwei Bundeswehroffiziere sogar degradiert worden. Sie hatten nämlich das Zubereiten und den Verzehr von Regenwürmern als Lektion für die Ausbildung von wehrpflichtigen Sanitätssoldaten angeordnet. Zwei Rekruten haben mit Ekel und Abscheu die Würmer gegessen, ein dritter lief an einem Wurm würgend im Kreise herum, und der vierte übergab sich. Der Bataillonskommandeur hatte das Regenwurmessen zwar verboten, konnte es aber nicht verhindern, weil er zur Zeit des Regenwurm-Vorfalls gerade krank war. – Er hat einen empfindlichen Magen.

Wenn ich mich nicht irre

Manche Menschen lassen sich inzwischen selbst zum Lustgewinn anderer Leute martern, nur um Geld zu verdienen. Und das dürfen sie, wie ein französisches Gericht beschloß. Das Verbot vom ›Zwergenwerfen‹, das der Bürgermeister des Ortes Morsang-sur-Orge erlassen hatte, wurde nämlich per richterlichen Beschluß aufgehoben. Zwergenwerfen ist ein Sport, wo die Teilnehmer des Wettbewerbs einen Zwerg möglichst weit werfen. Das fand der Bürgermeister menschenunwürdig. Der ein Meter zwanzig kleine Zwerg Manuel Wackenheim will sich aber weiter werfen lassen, weil er nur 3000 Francs Behindertenrente erhält – knapp tausend Mark –, wenn er sich aber werfen läßt, dann macht er das Zehnfache. Jetzt darf er wieder. Das Gericht fand eine merkwürdige Begründung: Zwergenwerfen verletze zwar die Menschenwürde, stelle aber keinen Verstoß gegen die öffentliche Ordnung dar. – An den Marterpfahl gehören solche Richter, wenn ich mich nicht irre.

Rätselhafte Neugierde

Reisen bildet. Wenn nun ein Ministerpräsident reist, dann wird das dem armen Kerl vorgeworfen, nur weil ein Privatmann die Unkosten bezahlt hat. Da sind die Mitglieder des Umweltausschusses im Bayerischen Landtag schon schlauer, denn die wollen sich eine vierzehntägige Reise nach Japan auf Kosten des Steuerzahlers gönnen: und das für 25 Personen. Vorgesehen sind eine Woche Besichtigung und eine Woche Privatvergnügen. Der Grund für die Reise, so der Ausschußvorsitzende: »In uns Bayern sollte die Fremdartigkeit der Japaner Neugierde zur Enträtselung auslösen.«

Schlafender Beweis

Es stimmt natürlich überhaupt nicht, was in Witzen über Beamte erzählt wird, nämlich daß sie tagsüber am Schreibtisch schliefen. Das beweist jetzt ein nimmermüder hessischer Beamter, der häufig ganze Nächte im Einsatz weit weg von Schreibtisch und Bett verbrachte. Jetzt hat er seine Dienststelle verklagt, ihm – obwohl er nicht geschlafen hat – ein Übernachtungsgeld zu zahlen. Denn, was immer er tat, das tat er ja über Nacht.

Im Angebot

In ländlichen Gegenden Amerikas gibt es für Jugendliche wenige Unterhaltungsangebote, weshalb sie sich auf den Parkplätzen nachts geöffneter Läden treffen. Da werden die Teenager schon mal ausfällig, was wiederum Kunden abschreckt. Weder Verbotsschilder noch Polizeieinsätze konnten daran etwas ändern. Jetzt haben die Ladenbesitzer eine wirksame Waffe gegen die Jugendlichen gefunden. Sie lassen ganz einfach Musik durch Lautsprecher ertönen, und die Teenager verschwinden holterdipolter. Nun handelt es sich bei der Musik um besonders ausgesuchte Töne. Als Vertreibungshits gelten Mozarts Kleine Nachtmusik oder auch Bachs Brandenburgische Konzerte. Ein Ladenbesitzer im kalifornischen Sacramento schwört auf Beethovens Neunte.

Pech mit Blech

Selbst kluge Leute scheitern an den Problemen der modernen Industriegesellschaft. Der Grafiker Klaus Staeck kaufte eine Cola-Dose, auf der stand, sie sei recyclebar. Drum ging er zu seinem Händler, der aber die Dose nicht zurücknahm. Also schrieb Staeck der Firma Coca-Cola: Wohin mit der Dose? Der zuständige Sachbearbeiter konnte die Frage auch nicht beantworten und leitete Staecks Brief weiter – an das Informationszentrum Weißblech e.V. Von dort erhielt Staeck eine Broschüre mit dem Titel: Ich war eine Dose.

Bunte Vögel

Offensichtlich ist es besser, in einem Club mit Dach und Wänden Sport zu treiben, als an der frischen Luft. Zumindest im Elsaß. Dort kann ein Bussard die Jogger nicht ausstehen, und wenn Jogger durch den Wald laufen, kreist der Raubvogel über ihnen, stößt herab und hackt hinterrücks auf sie ein. Die Polizei des Örtchens Maiche schlägt vor, die Jogger sollten doch Kopfschutz-Helme tragen wie die amerikanischen Football-Spieler. Die aber sind ja meist mit grellen Farben angemalt. Grelle Farben aber, so meinen Ornithologen, seien wahrscheinlich der Grund für die Aufregung des Bussards, der sich über die schreiend bunten Freizeitanzüge erbost. Der Vogel hat offenbar Geschmack.

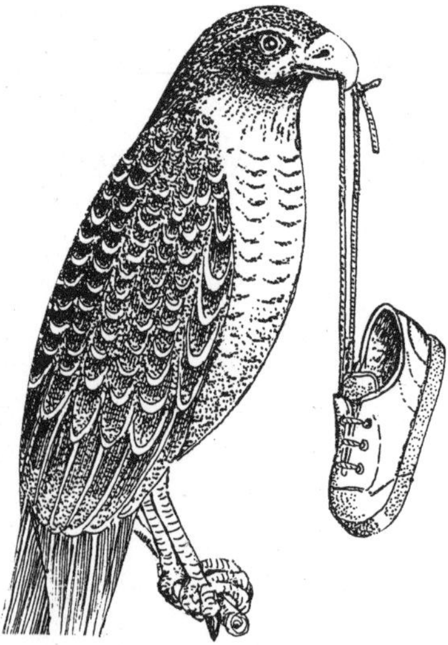

Vitale Schwächen

In Bonn wurde der Waldzustandsbericht vorgelegt. Im Waldzustandsbericht geht es um die Waldschäden, aber man nennt das Papier nicht Waldschadensbericht, weil das so unschön klingt. Eigentlich spricht man heute ja auch nicht mehr von Waldschaden oder gar vom Waldsterben, sondern die Bäume im Wald haben nur noch ›vitale Schwächen‹. Die neuen Worte verniedlichen die Probleme in der Öffentlichkeit, aber sie werden dadurch nicht kleiner. Im Gegenteil, wie der Waldzustandsbericht aussagt: Die Schäden haben zugenommen, nur noch ein Drittel aller Bäume ist völlig gesund. Etwa vierzig Prozent haben schwache Schäden, siebenundzwanzig Prozent sind deutlich krank, das sind zwei Prozentpunkte mehr als im letzten Jahr. Der ostdeutsche Wald ist übrigens am meisten geschädigt. Und zum Erschrecken aller zeigen inzwischen auch die Buchen immer größere – vitale Schwächen.

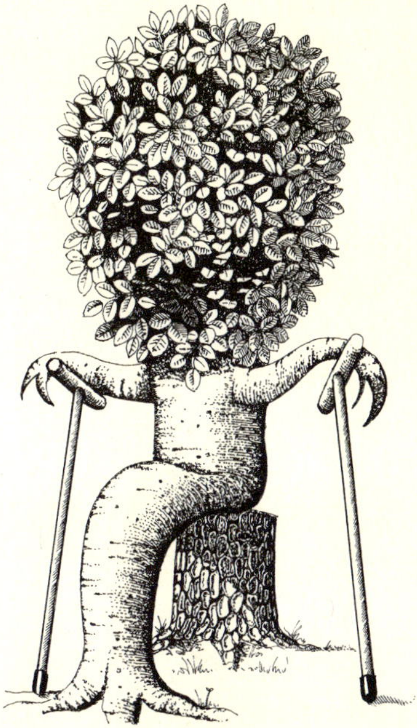

Höchst vertraulich

Im Umgang mit Worten sind manche Leute genau so ungenau wie im Umgang mit Giften. Doch bei den Worten sind sie besonders dann ungenau, wenn sie mit den Giften nicht sorgsam genug umgegangen sind. Nach einem Chemieunfall bei Hoechst hieß es, die ausgetretenen Schadstoffe seien mindergiftig. Wie das schon klingt. Mindergiftig ist beamtendeutsch und heißt wahrscheinlich: weniger giftig. Aber heute stellt sich heraus, daß die Firma Hoechst sich auch in der Wahl des Wortes getäuscht hat. ›Mindergiftig‹ ist nämlich auch giftig, und wie sich nun plötzlich ergibt, sind die ausgetretenen Chemikalien so giftig, daß sie als krebserregend gelten, aber vielleicht nur minderkrebserregend?

Hundeglück, Hundepech

Wer Pech hat, der wünscht sich Glück. Wenn sich das Pech aber häuft und das Glück sich partout nicht einstellen will, dann greift manch einer voller Verzweiflung zu Beschwörungsformeln und Hokuspokus. Nachdem die Anzahl der Unglücksfälle bei der Chemiefirma Hoechst sich auf dreizehn erhöht hat, wird endlich gehandelt: Die Hoechst Veterinär GmbH bietet jetzt Hundehaltern kostenlos ein Glücksbringer-Halsband an. Im Rahmen dieser Aktion ›Hundeglück‹ wird ein Anhänger verteilt, der auf der Vorderseite das chinesische Glückszeichen ›Wan fou‹ trägt. Das Glückssymbol drückt, nach Auskunft von Hoechst, den Wunsch nach langem Leben, Glück und Schutz aus. Falls das Zeichen aber nicht wirkt, ist auf der Rückseite Platz für die Rufnummer des Tierarztes.

Wer hat Schuld?

Jeder weiß doch, wie es ist, wenn er oder sie nach Hause kam, und in der neuen Hose oder im neuen Kleid war ein Riß. Na, da hatte man Angst vor dem Zorn der Mutter oder des Vaters, und deshalb war es am Schlausten zu sagen, schuld sei der Nachbarsjunge. Und weil dieser Schwindel manchmal klappte, versuchen auch die Erwachsenen noch, sich so herauszureden: Schuld haben immer die anderen, auch wenn es um Risse in einem Atomkraftwerk geht. Zwar bestreitet niemand die Tatsache, daß sich im Kühlsystem des Kernkraftwerkes von Brunsbüttel rund sechzig Risse befinden, die dort nicht sein sollten und deshalb eine Gefahr darstellen. Aber, wer hat Schuld daran, daß sie entstanden sind? Richtig, Sie haben es erraten …

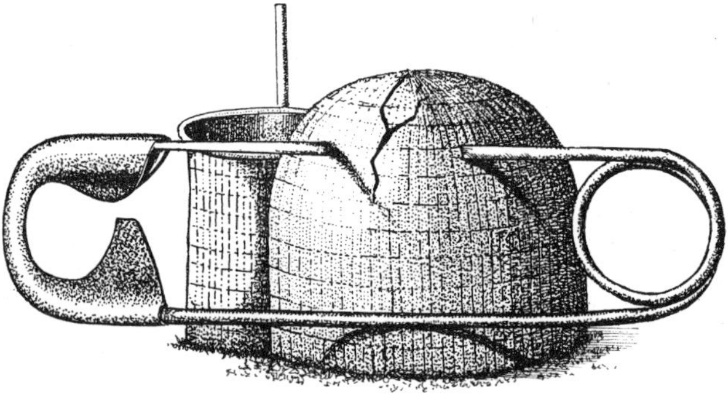

Wehe, es guckt keiner!

Wie weit das Fernsehen die Geschichte beherrscht, zeigt der Ausspruch von Ukka Knuuti, einem Beamten des Finnischen Verteidigungsministeriums. Er sagte: »Die Baltische Verteidigungs-Doktrin beschreibt man am besten als die CNN-Verteidigung. Die Idee ist, nur solange Widerstand zu leisten, bis die ganze Welt im Fernsehen gesehen hat, daß man angegriffen wurde.«

Zweckmäßig

Jährlich kommt der Tag, an dem der Beaujolais Nouveau, der erste Wein eines jeden Jahres, in Frankreich – und nicht nur dort – ausgeschenkt wird. Das ist für viele Liebhaber ein Grund, kräftig einen hinter die Binde zu gießen. – Sagt die Besitzerin einer Weinkellerei: »Der Beaujolais Nouveau ist kein Klasse-Wein, aber er erfüllt seinen Zweck.«

Zu spät

Auch dem besten Springer nutzt ein neuer Stil nichts, wenn er ein bißchen trottelig ist – wie der Österreicher Ernst Vettori. Der hat nämlich letztens die Skier verwechselt: Er hat einen eigenen angeschnallt, und einen anderen, gleich aussehenden von einem Team-Kameraden. Gemerkt hat er's erst beim Absprung, da war's schon zu spät. Was wieder einmal beweist: mit den Beinen allein kann man auch nicht denken.

Sorry, no Toilets

Es ist ja bekannt, daß die königliche Familie einen Sinn für die Presse hat, weshalb heute abend auch wir, die 3012 beim Gipfel angemeldeten Journalisten, in den Buckingham Palast geladen sind. Nicht zum Essen, eigentlich auch nicht wirklich in den Palast, sondern draußen – dort, wo normalerweise die Pferde stehen. Da können wir dann dem Musik- und Laserspektakel beiwohnen, das für die edleren Gäste gedacht ist. Freibier gibt es für die Journalisten im Überfluß, aber – so heißt es auf der Einladung: keine Toiletten.

Krisenlösung

Zuviel Werbung kann dem Geschäft abträglich sein. Da hatte der Chef eines Pizzaladens in Washington verbreitet, an der Menge der nachts bestellten Pizzas könne er vorhersagen, ob sich eine Krise in der Welt anbahne. Der Grund: Bei ihm ordern die Geheimagenten des amerikanischen Geheimdienstes CIA, wenn ihnen während einer nächtlichen Krisensitzung der Magen knurrt. Kaum stand dies in der Zeitung, gab es keine vorhersehbaren Weltkrisen mehr.

Hallo Puppe

Fußball sei Männersache, das, meine Damen, behaupten Männer gern, die sowieso meinen, sie seien schlauer als Frauen. Daß Frauen nicht dümmer sind als Männer, aber für dumm verkauft werden, haben amerikanische Wissenschaftlerinnen jetzt wieder einmal beklagt: So wird Mädchen etwa der Mut genommen, sich mit Mathematik zu befassen. Und wie geschieht das? Indem ihnen als kleine Mädchen immer wieder der Satz eingetrichtert wird: »Mathe-Unterricht ist schrecklich.« Und wer sagt das? Eine sprechende Barbie-Puppe, die 25 Dollar kostet.

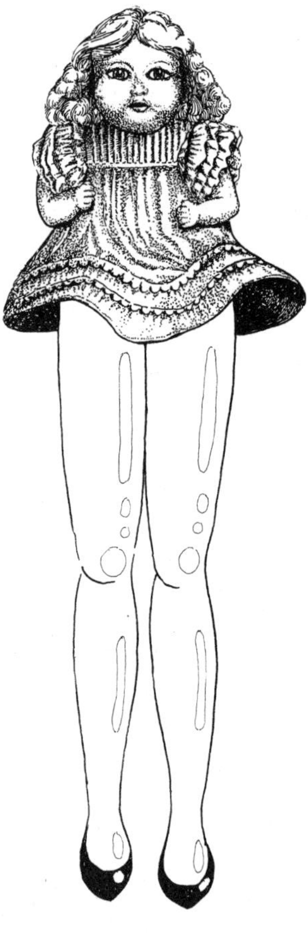

Parlament und Peitsche

Gewalttätiges liegt in der Luft. Da meint ein deutscher Botschafter aus religiösen Gründen, es täte der Ehe gut, wenn man seine Frau ab und zu verprügele. Und als die frühere Premierministerin Margaret Thatcher im Wahlkampf auftrat, wurde sie von einer Frau mit Frühlingsblumen empfangen. Statt die Narzissen jedoch der Eisernen Lady zu übergeben, schlug die Frau ihr damit auf den Kopf. Nicht genug des Guten. Bei den Wahlen in England kandidiert auch Lindi St. Clair, eine ehemalige Geldschmuse. Die arbeitet gerade an ihren Memoiren, die sie unter dem Namen ›Fräulein Peitschenhieb‹ veröffentlichen will. Warum das Pseudonym? Weil zu ihren Kunden angeblich 195 Mitglieder des Parlaments gehörten!

Leo persönlich

Gerichte stehen manchmal vor der Frage, ob ein Tier bestraft werden kann. Da klagte ein Herr Meier aus München-Bogenhausen gegen Leo, den schlecht erzogenen Papagei seines Nachbarn. Denn Leo rief ihm bei jeder Gelegenheit nach: »Herr Meier hat keine Eier.« Das Verfahren wurde vom Gericht mit der Begründung eingestellt, ein Vogel könne niemanden beleidigen. Doch dann fand Herr Meier heraus, daß es Leo gar nicht gab, sondern der Nachbar selbst die Worte rief. Urteil: 2000 Mark Schmerzensgeld.

Versuchsbienen

Das Problem bei Wahlen ist ja immer wieder, daß Politiker erst aus den eigenen Fehlern klug werden, statt die Erfahrungen ihrer Vorgänger im Blut zu haben. Das kann sich jetzt ändern, denn britischen Wissenschaftlern ist es gelungen, im Gehirn gespeicherte Erfahrungen von Erwachsenen auf noch nicht Geborene zu übertragen. Sie haben den Erwachsenen mit einer feinen Nadel Moleküle aus dem Hirn gesogen und sie den noch werdenden Lebewesen eingespritzt. Als die geschlüpft waren, konnten sie gleich ihr Heim finden und wußten, wo's was zu essen gibt. Sie werden es erraten haben, bei den Versuchskaninchen handelte es sich nicht um Politiker, sondern um Bienen. Aber jetzt weiß man ja, wie es geht, und da können wir nur hoffen, daß jetzt nicht irgendwelche Politiker auf schlaue Gedanken kommen. Ich will keine Namen nennen!

Leseeifer

Lassen Sie es sich eine Lehre sein, was der amerikanischen Grundschullehrerin Carol Stevenson widerfuhr. Sie hatte gewettet, daß ihre 23 Schüler es nicht schaffen würden, in einem Monat 7000 Buchseiten zu lesen. Sie verlor haushoch und mußte deshalb sieben lebende Regenwürmer essen. Aber die Schüler hatten Mitleid mit ihrer Lehrerin und brachten ihr Ketchup und Senf mit.

Ungewohnte Hängelage

Schlau sind auch die Bauern in Ostdeutschland. In dem Ort Großbeeren in Brandenburg haben sie jetzt ein senkrecht hängendes Gemüsebeet erfunden. Das eignet sich sogar als Schmuck überm Ehebett. Pflanzen wie Salat oder Kohlrabi hängen dabei in einer Art Vorhang aus Kunststoff. In Gewächshäusern mit Hängebeeten wird inzwischen drei- bis fünfmal soviel geerntet als in langweilig horizontal liegenden Beeten. Falls der Kohlrabi Ihnen zu streng riecht, können Sie auch Astern oder Erdbeeren im Hängebeet anpflanzen. Die ›ungewohnte Hängelage‹ schlägt nach Angaben der Brandenburger Bauern nicht negativ auf den Geschmack durch. »Der Pflanze«, so heißt es, »ist dies ganz egal.«

Achtung Dicke

Wer in der Politik, aber nicht nur dort, Höhen und Tiefen durchlebt, sollte an das chinesische Sprichwort denken: Der Mensch muß den Ruhm fürchten wie das Schwein das Dickwerden.

Sitzordnung

Gestern abend bei der Queen hat sich US-Präsident Bush völlig erschöpft hingesetzt, obwohl die Queen sich stehend mit Präsident Mitterrand unterhielt; sie blickte Bush strafend an, und der sprang sofort mit rotem Kopf auf. Aber das war nicht alles: als dann das offizielle Hof-Foto gemacht werden sollte, traute sich niemand auf den Ehrenplatz neben der Königin. Sie forderte den holländischen Premier Lubbers als EG-Ratspräsidenten auf, doch der deutete mit dem Finger auf den englischen Premier Major, der wiederum mit dem Finger auf Lubbers zurückzeigte. Wer setzte sich auf den Stuhl neben die Queen, als die beiden sich nicht einigen konnten? Richtig, unser Bundeskanzler. Ehre, wem Ehre gebührt.

Vorsicht Video

In Potsdam schoß ein Betrüger den Vogel ab, indem er vier Redaktionen von Radio, Fernsehen und Presse seit einem Jahr geheime Informationen verkaufte. Dort ist ja jeder hinter den Geheimnissen aus der DDR her, und je heißer die Ware, desto mehr Geld gibt es, zum Beispiel über Stasi-Vergangenheit und so. Jetzt hat er vier Videobänder einer Fernsehanstalt angeboten, auf denen angeblich versteckte Kunstgegenstände hochrangiger Persönlichkeiten aufgenommen waren. 22 000 Mark hat er dafür kassiert. Aber auf den Videobändern war nichts zu sehen. Die Käufer waren aber auch keine Fernsehleute. Sondern Polizisten.

Aus der Geschichte lernen

Wenn mit den vorhandenen Steuern nicht genug Geld in die Kassen kommt, macht man entweder Schulden oder erfindet neue Abgaben. Da waren die preußischen Fürsten erfindungsreicher als heute der bayrische Bundesfinanzminister: König Friedrich I. von Preußen forderte von unverheirateten Frauen vierteljährlich sechs Groschen ›Jungfernsteuer‹, sein Sohn, Friedrich Wilhelm I., führte die Vergnügungssteuer auf Lustbarkeiten aller Art ein, und schließlich wurde sogar eine Abgabe verlangt für den Besitz von Strümpfen und Pantoffeln und sogar für das Tragen von Perücken. Neidisch blicken wir zurück auf eine Zeit, in der Politik noch mit Fantasie betrieben wurde.

Heilsam

Es klagen ja so viele Menschen über den Verlust der Werte in der Gesellschaft. Auch Herr Nitsche tat dies, als er bei seinem Arzt ein kleines Wehwehchen behandeln ließ. Der Arzt stimmte in das Klagelied ein, der Mammon sei aller Götze, drum sei keiner mehr bereit, sich übergeordneten Werten unterzuordnen, ließ zwei Tassen Kaffee kommen, und eine geschlagene halbe Stunde untersuchten Arzt und Patient die Gebrechen der Gesellschaft. Zwei Wochen später erhielt Herr Nitsche die Arztrechnung. Sie war ungewöhnlich hoch. Der Grund? »Besonders intensive Beratung.«

Die drei Letzten

Was ist los mit den Buchhändlern? Ihr Ansehen ist gesunken. Nach der heute veröffentlichten Rang-Liste über das Berufs-Prestige genießen Ärzte weiterhin die größte Anerkennung, gefolgt von den Pfarrern. Dann kommen die Rechtsanwälte, die die Professoren von Platz drei verdrängt haben. Kein gutes Bild geben die Journalisten ab, die den 13. von 18 Plätzen einnehmen. Aber immerhin gelten sie mehr als Studienräte. Die letzten drei Plätze besetzen Politiker, Buchhändler und Gewerkschaftsführer.

Gerechte Strafe

In der Wiener U-Bahnlinie Nummer 3 mußte eine Frau 400 Schilling Strafe zahlen, weil sie am Stephansplatz von zwei Kontrolleuren ohne Billett angetroffen wurde. Sie behauptete zwar, eine Fahrkarte gelöst zu haben, doch alle anderen Fahrgäste weigerten sich, zu ihren Gunsten auszusagen, denn die Frau hatte einen farbigen Mitfahrer mit rassistischen Sprüchen beschimpft, woraufhin er der Frau den Fahrschein aus der Hand riß und aufaß.

Örtliche Gewitter

Kettenreaktion

Eine Kettenreaktion ist folgendes: Gestern abend stieß ein 28jähriger Autofahrer in Kassel rückwärts gegen einen anderen Wagen. Die Polizei stellte fest, daß der Mann seine Karre schon vor drei Monaten abgemeldet hatte und außerdem war sie verbotenerweise mit dem Kennzeichen eines Anhängers versehen. Außerdem war der Fahrer betrunken, was weiter nicht schlimm ist, da er gar keinen Führerschein besitzt. So wurde er in das Gefängnis von Kassel eingeliefert, wo man feststellte, daß der Mann dort eigentlich einsitzen müßte, aber aus dem letzten Hafturlaub nicht zurückgekommen war.

Die Königin und ihre Handtasche

Wenn die britische Königin ausgeht, trägt eine Hofdame ein Paar Ersatzstrumpfhosen, eine Hutnadel und ein Nähset mit sich. Als einzigen wichtigen Gegenstand packt Elisabeth II. ihre Brille stets selbst in ihre Handtasche. Als sie heute aber bei den Hundertjahrfeiern des Commenwealth Instituts in London die Festrede halten wollte, fand sie diese Brille partout nicht in der schwarzen Handtasche. Daraufhin verlas ihr Mann, Prinz Philip, das Manuskript.

Erleuchtung

Der Umgang mit Büchern fällt intoleranten Menschen immer schwer. In Amerika haben christliche Fanatiker es geschafft, zahlreiche literarische Klassiker aus Stadt- und Schulbibliotheken zu verbannen. Jetzt gingen die fundamentalistischen Christen soweit, die Bibel in der Schule von Brooklyn-Center in Minnesota verbieten zu wollen, da es darin an gewalttätigen und obszönen Passagen wimmele. Die erleuchtete Schulverwaltung lehnte den Antrag jedoch einstimmig ab.

Tierliebe

Als tierlieb haben sich die Richter des Verwaltungsgerichts in Würzburg erwiesen. Sie haben letztens ein Open-air-Konzert mit drei Livebands in einer Burgruine untersagt. Diese Burgruine – so die Hüter des Gesetzes – liege in einem besonders wertvollen Naturschutzgebiet und durch die laute Musik würde das Paarungsverhalten von Insekten gestört.

Götterdämmerung

Götterdämmerungen können auch eine satirische Seite haben. So schilderte gestern der englische Historiker Timothy Garton Ash in der ›FAZ‹, wie er Erich Honecker im Gefängnis Moabit besuchte. Honecker erzählte ihm, er habe Bundeskanzler Helmut Kohl häufig selbst angerufen. Als Beweis zog er aus seinem Schlafanzug ein Kärtchen mit der direkten Telefonnummer von Kohl, und die stand gestern auch in dem Bericht, mit der Folge, daß der Betrieb im Kanzleramt erheblich gestört wurde. Hunderte von normalen Lesern wollten nun auch mal mit dem Bundeskanzler am Telefon reden. Vergebens: Kohl hebt schließlich nicht bei jedem ab.

Studieren oder probieren

Es gibt Leute, die essen gern pfälzischen Saumagen, andere lecken sich die Lefzen nach Schnecken oder Froschschenkeln, ja, Schlangen sind in manchen Gegenden der Welt genauso begehrt wie geröstete Heuschrecken. Und dann gibt es diejenigen, die gern Walfischfleisch essen, weil das bei ihnen immer schon so war, die Japaner also. Obwohl der Walfang verboten ist, wurde ihnen erlaubt, pro Jahr 300 Minkwale für wissenschaftliche Zwecke zu jagen, und jeder weiß, daß die Wissenschaft in den Mägen landet. Jetzt beantragten die Japaner eine zusätzliche Fangquote. Die Internationale Walfangkommission aber lehnte ab. Für Wale gilt also: Studieren geht über Probieren.

Enteignung abgelehnt

Seit Generationen besitzt die hochherrschaftliche Familie des Prinzen Philipp von Hanau einen Privatweg in Söcking bei Starnberg. Und den Weg wollte Prinz Philipp loswerden. Also bat er den Landrat von Starnberg, ihn zu enteignen. Der Landrat war damit einverstanden und wies die Stadt Starnberg an, für die Enteignung zu zahlen: über 400 000 Mark sollte das kosten. Die Stadt wollte den Prinzen aber gar nicht enteignen, eilte vor den Kadi, und der entschied: Starnberg braucht den Prinzen nicht zu enteignen. Daraufhin hat sich der was anderes ausgedacht: er will jetzt Kartoffeln auf dem Weg anpflanzen.

Brennende Kerzen

Letztens gab es nachts um vier Uhr eine große Krise im Kanzleramt, die jedoch von einer Putzfrau gemeistert wurde. Im Vorzimmer eines hohen Beamten entdeckte sie einen lichterloh brennenden Adventskranz, doch als die Feuerwehr kam, war der Brand schon gelöscht. Keiner hatte bei Dienstschluß daran gedacht, die Kerzen auszublasen. Und was ist die Folge der Krise im Kanzleramt? Jetzt gibt es eine Dienstverfügung über den richtigen Umgang mit Weihnachtsschmuck.

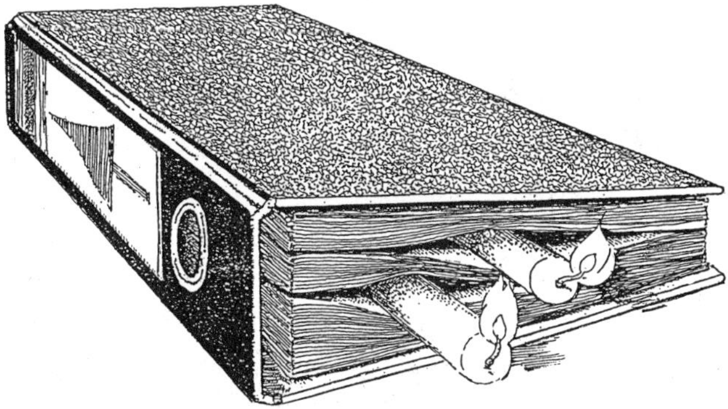

Demontage

Zuviel Staat zerstört des Lebens Wesen. Da hat ein Verwaltungsgericht in München die Sperrstunden für Biergärten auf halb zehn Uhr abends festgelegt. Flugs hat die CSU-Landtagsfraktion einen Dringlichkeitsantrag gegen zu frühe Sperrzeiten eingebracht. »Der weiteren Demontage bayrischer Lebensart muß ein Riegel vorgeschoben werden«, klagt CSU-Mittelstandssprecher Heinrich Traublinger. Angefangen hätte es mit Urteilen gegen Kuhglocken, krähende Hähne oder den dörflichen Misthaufen. Und mit diesen Urteilen verschwänden ja auch die Wetterregeln der Bauern wie: Wenn der Hahn kräht auf dem Mist, ändert sich das Wetter, oder es bleibt, wie es ist.

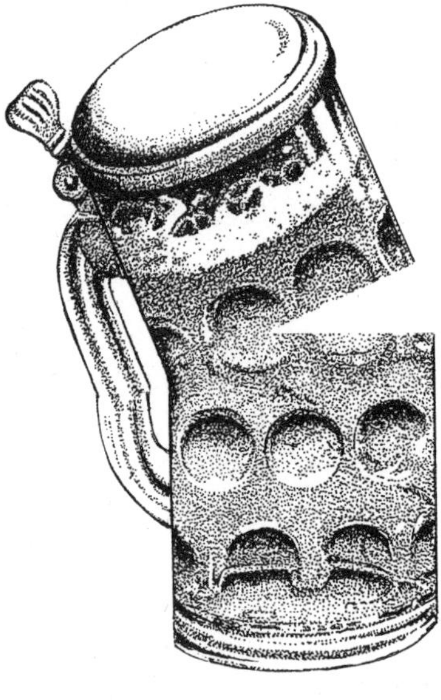

Aus dem Tiefbauamt

Der Fortschritt ist unaufhaltsam, besonders wenn er von der Bürokratie ausgeht. So hat sich jetzt als Zentrale der Emanzipation das Tiefbauamt in Hannover entpuppt. Und zwar aus folgendem Grund: Das städtische Frauenbüro beklagte sich darüber, daß Wege, die für Radfahrer frei sind, immer mit einem Herrenrad ausgeschildert seien und forderte Gleichberechtigung. Jedes zweite Fahrrad auf den Schildern müsse ein Damenrad sein, also ohne diese männliche Stange zwischen Sattel und Lenker. Ganz fortschrittlich beschloß das Tiefbauamt, auf die Stange des Mannes ganz zu verzichten und Radwege nun ausschließlich mit Damenrädern zu beschildern. – Meinte der männliche Sprecher des Tiefbauamtes: »So kann man mit kleinen Sachen den Frauen eine Freude machen.«

Lauter Lärm

»Wie laut wiehert ein Amtsschimmel?« Diese Frage stellt ein Abgeordneter aus dem Gemeinderat von Düren, denn dort wird viel Lärm um nichts gemacht. Schon lange rauscht ein Bach mitten durch die Stadt, und dieses Natursubjekt erzeugte einen Lärm von rund 60 Dezibel. Nun wurde am Mühlenteich wieder ein Mühlrad gebaut, das nicht nur schön ist, sondern auch Elektrizität erzeugt und das Rauschen des Baches auf 52 Dezibel dämpft. Ein Beamter will das Mühlrad jetzt wieder abschaffen, da die Vorschriften dafür nur einen Lärm von 45 Dezibel zulassen.

Hunger auf Kunst

Der Publikumsgeschmack kann manchmal auch Schaden anrichten: In dem Hessischen Landesmuseum Darmstadt wurde ein Objekt mit dem Titel ›Frischespur‹ von den Besuchern Stück für Stück aufgegessen. Das Objekt bestand unter anderem aus 97 handpolierten Äpfeln. Nun klagt die Museumsdirektorin über die kulturlosen Kunstgenießer. Die Apfelstiele und Kerngehäuse wurden in Besuchersofas und hinter anderen Skulpturen versteckt. Die Museumsbesucher waren eben – kunsthungrig.

Kunst für alle

Studenten der Kunstgeschichte sollten sich folgendes anhören, damit sie wissen, daß Kunst und Kunst zweierlei Dinge sind. Das ist so: Der von allen anerkannte Volkskünstler Willy Millowitsch hatte Geburtstag. Herzlichen Glückwunsch! Und deswegen gab's in Köln ein Fest mit einer Einweihung. Denn als Geschenk wurde er lebensgroß auf einer Bank sitzend abgebildet. Die Statue wurde privat bezahlt, aber die Stadt Köln zierte sich anfangs mit dem Aufstellen. Einen Lebenden solle man noch nicht aufs Podest stellen. Abgesehen davon, daß er ja sitzt, sagte Willy Millowitsch, die Statue ehre ja nicht ihn allein, sondern die ganze Kölner Schauspieler-Dynastie Millowitsch. Nun meinte der für Skulpturen zuständige Herr des für seine Moderne Sammlung berühmten Museums Ludwig ganz klug, da säße ja nur einer, nämlich Willy, und nicht eine Schauspielerdynastie. Der Mann muß studiert haben, denn recht hat er. Allerdings: Der erste Millowitsch trat schon vor über zweihundert Jahren in Köln auf, Willys Ururgroßvater. Soll man denn nun alle auf die Bank setzen?

Spielregeln

In der ›alten Kulturnation‹ Deutschland gehört es ja zum Klischee, die Amerikaner als Banausen zu bezeichnen. Was aber würden die Amerikaner dazu sagen, daß der Deutsche Fußballbund am 20. April 1994, für Kenner ist das Hitlers Geburtstag, ein Länderspiel Deutschland–England veranstalten will – in Hamburg. Die Hooligans beider Länder haben sich diesen Termin schon vorgemerkt. Vor zwei Jahren haben rechtsradikale Fans bei gleichem Anlaß schon einmal geprobt und laut gesungen: »Happy Birthday, lieber Adolf.« Doch der Deutsche Fußballbund sieht von sich aus keine Möglichkeit eines ›terminlichen Ausweichens‹. Im Spiel gäbe es dafür eine Antwort: »Platzverweis.«

Der Eierkocher

Nicht nur Bienen summen. Weil es in einem Hamburger Hotel unerklärlich laut summte, rief der mißtrauisch gewordene Portier die Polizei um Hilfe. Es hätte ja eine Bombe sein können, oder so. Die Polizisten kamen dem Summen schnell auf die Schliche. Jemand hatte in der Küche vergessen, die Frühstückseier abzustellen, weshalb der Eierkocher ohne Unterlaß summte.

Therapie angenommen

Endlich eine gute Meldung. Die Nachrichtenagentur Reuter tickert heute um 14 Uhr 23 durch: Die amerikanischen Herzspezialisten Dr. Gary Friedman und Arthur Klasky hätten ein Mittel gefunden, mit dem jeder Mensch die Gefahr eines Herzinfarkts um 50 Prozent vermindern könne. Die Doktoren raten, jeden Tag zwei Gläser Bier, Wein oder Schnaps zu trinken. Das scheint sich schnell herumgesprochen zu haben, denn die Deutsche Presseagentur meldet um 14 Uhr 29: Die Deutschen sind Weltmeister im Trinken.

Zahmes Wildbad

Weswegen ist Wildbad Kreuth allen Deutschen noch im Gedächtnis? Doch nicht wegen seiner Schwefelquellen, sondern wegen Franz Josef Strauß, der hier Pech und Schwefel spie, der vor lauter Zorn auf die ach so unfähige Schwesterpartei CDU einst die Kreuther Beschlüsse herbeiführte, um die CSU von der CDU zu trennen. Damals war was los in der deutschen Politik und natürlich auch in der CSU. Strauß ist gegangen, das jährliche Treffen der CSU in Wildbad Kreuth ist geblieben. Und was hat dieses Jahr die CSU-Landesgruppe im Bundestag dort verkündet? Sie wolle partout nicht aus der Bonner Koalition aussteigen.

Entscheidungshilfe

Politiker haben es schon schwer. So mußten die Mitglieder des Stadtrats von Amsterdam darüber entscheiden, was mit einem großen Tannenbaum geschehen sollte, den die norwegische Stadt Trondheim der Stadt Amsterdam geschenkt hatte. Der Rat beschloß, den Christbaum wegzuwerfen, weil die Politiker ihn zu dürr fanden. Aber bevor sie ihn auf den Müll kippten, kamen ihnen Bedenken, ob man ein Geschenk wegwerfen könne. Drum wandten sie sich an den norwegischen Konsul und waren ganz erleichtert, als der sagte, sie sollten den Tannenbaum ruhig wegwerfen, er fände ihn auch äußerst häßlich.

Sauber

In Berlin wurden jetzt 68 Straßenkehrer entlassen; nicht etwa, weil sie zu wenig putzten, sondern weil sie eine Stasi-Vergangenheit haben. Sie wurden sozusagen selber gesäubert. Zwar meint sogar der Innenminister, Straßenkehren sei eigentlich keine hoheitliche Aufgabe, davon hänge auch nicht der Bestand unserer Demokratie ab, aber – wenn in Deutschland nun mal gesäubert wird, dann gründlich, auch ohne nachzudenken. Sagte doch ein Beamter der Berliner Straßenkehrbehörde: »Wir folgen den Richtlinien des Einheitsvertrags und wollen unseren guten Ruf nicht verlieren.«

Weihnachtsmänner

Es gibt zu wenige Weihnachtsmänner in Süd-Thüringen, und wahrscheinlich nicht nur dort. Beim Arbeitsamt in Suhl fragten fünfzig Familien nach einem Weihnachtsmann für Heiligabend an, aber nur sieben meldeten sich. Dabei ist der Lohn gut – zehn Mark die Viertelstunde. Und die Berufskleidung stellt das Arbeitsamt.

Notkäufe

Spare in der Zeit, so hast du in der Not, das ist die Lehre aus Jean de La Fontaines Fabel von der Ameise und der Grille, und selbst deutsche Beamte nehmen sie inzwischen ernst. So ernst, daß sie im Innenministerium von Mecklenburg-Vorpommern statt der benötigten 170 Computer gleich 242 zusätzlich als Reserve bestellten. In Brandenburg wollten sie einen Hubschrauber kaufen, der zum Fliegen nicht zugelassen war, und zwei sächsische Gefängnisse stellten jedem einzelnen Gefangenen 75 Bettbezüge und 188 Sets Unterwäsche zur Verfügung.

Abschreckende Dummheit

Heute früh hat ein Dieb in Göttingen einen Polizeihund aus dem Zwinger der Bahnpolizei geklaut. Als die von der Bahnpolizei alarmierten Schupos kamen und den Dieb stellen wollten, griff der Polizeihund die Wachleute an. Die konnten sich durch einen Sprung in ihren Streifenwagen retten. Nur die Dummheit des Diebes half ihnen dann weiter. Statt wegzurennen, ließ er sich von den Bullen überreden, den Hund anzubinden. Kaum hatte er es getan, haben die ganz unbarmherzig den Dieb verhaftet.

Filmriß

Der kommerziell erfolgreichste aller Hollywood-Regisseure, Steven Spielberg, wurde bei der Biennale 1994 in Venedig mit dem Goldenen Löwen für sein künstlerisches Gesamtwerk ausgezeichnet. Anschließend diskutierten in Venedig europäische Filmemacher, Autoren und natürlich auch Funktionäre zwei Tage lang, wie die kranke europäische Filmszene sich gegen Hollywood schützen könne.

Durchbruch

Die deutsche Schriftstellerin Monika Maron hat letztens gesagt, in der DDR habe sie mehr unter unhöflichen Kellnern gelitten als unter der unsichtbaren Stasi. Kein Wunder, denn die Kellner dachten in allen kommunistischen Ländern erst an sich, dann an die Kunden. Das wird nun überall anders. Selbst im fernen Vietnam wurde den Kellnern des neu hergerichteten Metropol-Hotels in Hanoi jetzt das Motto beigebracht: Der Kunde kommt zuerst. Das fand die Belegschaft so ungewöhnlich, daß die Hälfte des Personals kündigte.

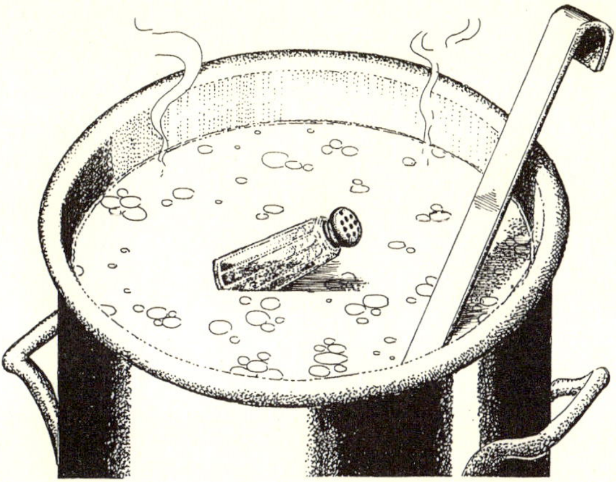

Heftige Turbulenzen

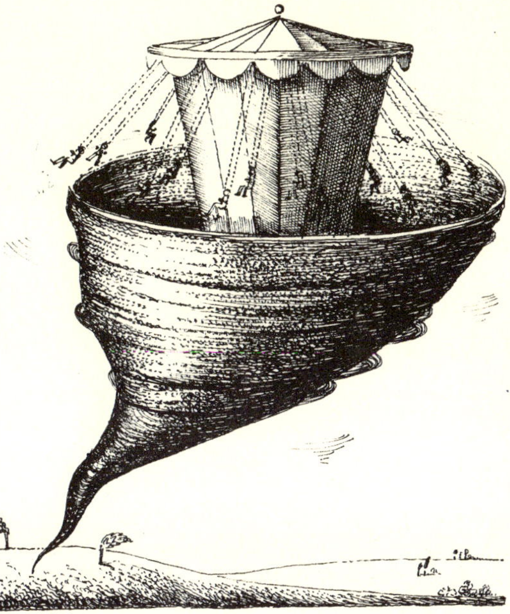

Zunehmendes Unwohlsein

Der gescheiterte Putsch gegen Gorbatschow hatte auch einige komische Seiten. Da wollten die Botschafter der USA, Englands, Frankreich und Deutschlands zu Gorbatschow fliegen, doch sie verpaßten ihr Flugzeug, weil sie im Verkehr stecken blieben. Und dann die Gesundheit: Gorbatschow wurde wegen Bluthochdrucks abgesetzt, der putschierende Ministerpräsident Pawlow wurde auch plötzlich krank. Für drei Tage war Außenminister Bessmertnych verschwunden. Endlich tauchte er auf und gab eine Pressekonferenz, bei der er erklärte, er sei in den letzten Tagen wegen Unwohlseins zu Hause geblieben und hätte jetzt eigentlich auch noch ein bißchen Fieber. Vielleicht besorgt er sich besser ein Attest.

Wie im Kino

Filmschauspieler haben ja nicht immer gleich ein neues Angebot, und damit sie zwischen zwei Filmen nicht verhungern, gibt es in Frankreich eine Arbeitslosenversicherung für das Filmgewerbe. Die ist jetzt pleite, und das liegt an den Schauspielern, die nicht arbeitslos waren. Das klingt paradox, ist aber so: wer 507 Arbeitsstunden gedreht hat, der erhält – selbst wenn er eine Million Mark Gage für den Dreh bekam – nach der französischen Regelung Arbeitslosenunterstützung für den Rest des Jahres. Das haben sich selbst die teuersten und berühmtesten französischen Stars nicht zweimal sagen lassen, und monatlich bis zu 4500 Mark kassiert. Der Skandal kam jetzt ans Tageslicht. Und wie haben die Filmschauspieler reagiert? Ganz wie im Kino. Sie haben natürlich den Rücktritt des Chefs der Versicherung gefordert. Warum? Weil er alles verpetzt hat.

Titelverteidiger

Titel gehören zum alten Kulturgut Österreichs, wo jedermann mit Herr Ingenieur angesprochen wird. Wer eine Brille trägt, ist schon Herr Doktor. In der Beamtenlaufbahn gibt es sogar noch den aus der seligen Kaiserzeit stammenden Amtstitel Hofrat. Doch der wird jetzt gestrichen. Statt des Titels Hofrat sollen die Beamten mehr Geld erhalten. Nicht gegen diese Gehaltserhöhung, doch gegen den Verlust des feudalen Kulturelementes ›Hofrat‹ haben Protest angemeldet – wer wohl? – Die Gewerkschaften.

Hochzeitsfolgen

Normalerweise dauert ein Fußballspiel neunzig Minuten. In Rumänien hat jetzt ein Schiedsrichter nach 70 Minuten beim Spielstand von 21 : 0 das Spiel abgebrochen, denn fünf Fußballer der Verlierer lagen besinnungslos auf dem Rasen, die übrigen sechs konnten auch nicht mehr. Die Mannschaft, die wie gesagt 21 Tore kassiert hatte, war direkt von der Hochzeit eines ihrer Spieler gekommen, und alle elf waren sturzbetrunken.

Danksagung

In Amerika, dem Land der unbegrenzten Möglichkeiten, kann man ja alles verkaufen, auch die Glückseligkeit. Aber manchmal geht es auch daneben. Der todkranke Tom wollte nichts unversucht lassen und schickte dem Glückseligkeit verheißenden Prediger Robert Tilton eine Spende über 75 Dollar, doch bald darauf starb er. Vier Monate später bedankte sich der Gottesmann bei Tom für die Spende und bat um mehr. Doch nur die trauernde Witwe las, was der Prediger versprach: »Gott redete heute morgen zu mir vor allem über dich, Tom, und er wird dich heilen.« Im Land der unbegrenzten Möglichkeiten gibt's da nur eins, und das tat die Witwe: Sie verklagte den Prediger auf 40 Millionen Dollar Schadensersatz, denn sie habe einen Schock erlitten. Und forderte vom Gericht, zu klären, ob Gott vergeßlich sei.

Sofort einhängen!

In Asien können Sie mit Ihrem Telefonanruf landen, wenn Sie jemanden in den neuen Bundesländern anwählen. Schuld daran ist die Post. Und zwar ist das so: Im Osten werden doch im Augenblick die Ortsnetze an das Telefonnetz Westdeutschlands angeschlossen. Das führt zu Verwirrungen. Früher wählte man in Erfurt 0081 und erreichte einen Anschluß in Rostock. Heute landet man damit in Japan. Was können Sie dagegen tun? Der Chef der Leipziger Telekom empfiehlt: »Wenn Sie japanisch hören, sofort einhängen!«

Armenküche

Die englischen Benediktinermönche der Abtei Prinknash speisen die Armen und Bedürftigen. Seit 44 Jahren leitet Bruder Anthony die Küche. Und ihm gelangen die Speisen immer besser. Sonntags gab es sogar Roastbeef. Eines Tages stellte der Mönch an der Pforte fest, daß ein großer Teil der Esser mit den neuesten dicken Autos vorfuhr. Sie hatten in der Armenküche ein neues Edelrestaurant entdeckt. Daraufhin hat der Bruder in der Küche den Speiseplan geändert: Es gibt nur Suppe, Brot und Tee. Jetzt kommen nur noch halb so viele Arme.

Elektronisches Beugen

Das waren noch Zeiten, nicht unbedingt bessere, aber andere, als deutsche Jungs lernten, einen Diener zu machen, und die Mädchen einen Knicks. Das alles ist vorbei, und das ist auch gut so. Jetzt gibt es keine Kopfnuß mehr von den Altvorderen, wenn der Bub sich nicht untertänig beugt.

Woanders ist die rhythmische Vorwärtsneigung des Oberkörpers noch gang und gäbe – und das in dem modernsten Staat der Welt, dort, wo einem die Microchips nur so um die Ohren fliegen, in Japan also. Aber nicht mit einer Kopfnuß wird einem dort das korrekte Neigen beigebracht, sondern, viel moderner, mit einer elektronisch einstellbaren Verbeugungsmaschine.

Durchschnittliche Langfinger

Waschlappen werden in Schweizer Hotels am häufigsten geklaut, meldet die Fachzeitschrift ›Hotel und Touristik-Revue‹. Denen folgen Badeartikel, Bademäntel, Zahnputzgläser. Die Zeitschrift schließt daraus, »daß der durchschnittliche Langfinger ein recht reinlicher Typ ist«. Es verschwinden aber auch große Gegenstände wie Terrassenstühle, Staubsauger und Fernsehgeräte. Die Diebe lassen sich in zwei Gruppen einteilen. Der Geschäftsmann stiehlt danach mehr als der Feriengast. Und der Geschäftsmann greift schneller zu, der Feriengast ist dagegen wählerischer. Er hat ja auch mehr Zeit bei schlechtem Wetter.

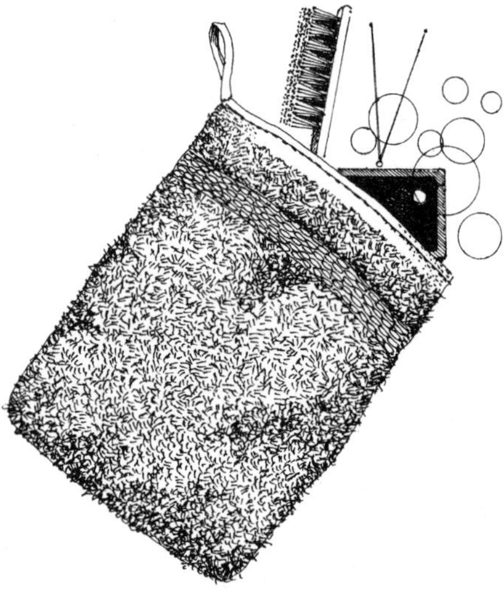

Das Wesentliche

Von wegen Kultur: Bald eröffnet in Frankfurt die größte Buchmesse der Welt. Heute schon hat die Stadt Frankfurt ein ›Handbuch zur nicht-sexistischen Sprachverwendung in öffentlichen Texten‹ vorgestellt. Danach soll es in Zukunft im sowieso langweiligen Amtsdeutsch weder Männlein noch Weiblein geben, sondern nur noch ›geschlechtsneutrale‹ Bezeichnungen. Die Studie kostete 80 000 Mark. Nun werden alle Formulare der Stadt Frankfurt entsprechend umgearbeitet, das kostet ein Vielfaches mehr. Die Frankfurter Stadtväter haben in Zeiten der Finanznot eben den Sinn für das Wesentliche.

Eindeutig rechts

Von dem Dichter Ernst Jandl stammt die Zeile: Lechts und rinks kann man nicht velwechsern. Für weniger poetisch angehauchte Zeitgenossen gilt: Rechts ist da, wo der Daumen links ist. Trotz all dieser Denkhilfen hatten die Hausmeister der Rathäuser Schleswig-Holsteins Schwierigkeiten. Es sollte nämlich zum erstenmal die überarbeitete Hoheitszeichenverordnung für öffentliche Gebäude angewandt werden. Sie schreibt vor, daß an Feiertagen die Europaflagge an dem rechten Fahnenmast gehißt wird. Aber – wo ist rechts?

Öffentliche Nasenringe

Glücklicherweise gibt es in dieser von Krisen geschüttelten, vom Werteverlust bedrohten Welt noch Leute, die sich um das Wesentliche kümmern. Da hat Professor Wolfgang Kunz jetzt in der Zeitschrift ›Recht im Amt‹ eine fünfseitige Arbeit über die ›Kleiderordnung des öffentlichen Dienstes‹ veröffentlicht, und darin heißt es: »Das Tragen von Nasenringen, großflächigen Tätowierungen, bunt gefärbten Haaren hat keinen unmittelbaren Bezug zur Kleiderordnung.«

Mehr Toleranz

In diesen turbulenten Zeiten ist uns ein Satz aufgefallen, der heute in Düsseldorf veröffentlicht wurde. Er heißt: »Die Landesanstalt für Ökologie, Landschaftsentwicklung und Forstplanung bittet um mehr Toleranz gegenüber Wildkräutern.«

Sieben mit oder ohne

Wenn Sie schon einmal in Amerika waren, dann haben Sie sich wahrscheinlich darüber gewundert, daß dort die Zahl Sieben ohne Querstrich in der Mitte geschrieben wird, wie in Europa üblich. Gewundert hat sich darüber auch der amerikanische Polizist Brian Yinger aus Michigan. Vom siebten Schuljahr an schrieb er die Sieben mit europäischem Querstrich. Das ärgerte seinen Chef, der ihn verwarnte. Der Polizist versprach Besserung und schrieb aus Versehen wieder den Querstrich. Daraufhin wurde er für drei Tage des Dienstes enthoben – ohne Bezahlung. Und wieder schrieb der Polizist ganz zwanghaft den Querstrich. Jetzt ist seinem Chef der Kragen geplatzt: Nun soll ein Psychiater den Geisteszustand des Polizisten untersuchen, um herauszufinden, warum der immer solch einen kleinen Strich auf die Sieben macht.

Königliche Löhne

Die Königin von England will im Buckingham-Palast die Löhne von nun an je nach Leistung steigern. Sagt ein verärgerter Schloßdiener: »Hängt die Erhöhung davon ab, wie tief wir buckeln?«

Pädagogische Ernährung

Schon in der ›Feuerzangenbowle‹, die bekanntlich von Heinrich Spoerl stammt, leidet Professor Crey unter den Schülern, besonders aber unter Pfeiffer mit drei F. Um den Streß zu bewältigen, hätte der Lehrer Erbsen essen sollen. Das empfiehlt die Deutsche Lehrerzeitung jetzt Pädagogen, die im täglichen Umgang mit Schülern die Nerven verlieren. Auch Brot, Reis oder Kartoffeln mit Gemüse würden – am Abend vor dem Unterricht genossen – die Nerven beruhigen. Vor zuviel Kaffee wird dagegen gewarnt, da er eine angsterregende Wirkung habe, die, so heißt es, bei einer Lehrkraft im erschöpften Zustand zu einer Haltung der Selbstverteidigung in der Klasse führe.

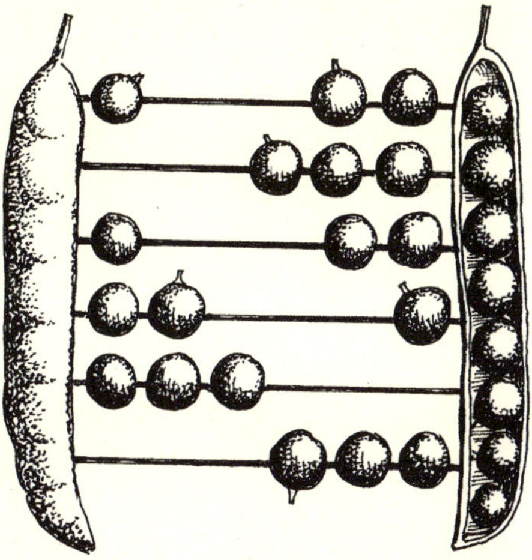

Eherat

Tja, werden Sie sagen, es ist alles nicht mehr so, wie es mal war. Die Leute gehen sonntags nicht mehr zur Messe, heiraten seltener und lassen sich häufiger scheiden. Zum Thema Ehe hat heute die Universität Oldenburg eine Studie veröffentlicht, wonach es gut sei, wenn es in Ehen laut hergeht. Denn Ehen, in denen man sich nicht streitet, gehen häufiger in die Brüche als Ehen, in denen es ständig und laut kracht. Also, worauf warten Sie noch?

Hut weg

»Mein Hut. Mein Hut ist weg. Man hat mir meinen Hut gestohlen!« Dies war der einzige Satz, den der des Mordes angeklagte Stasi-Minister Erich Mielke heute vor dem Landgericht Berlin von sich gab. Mein Hut ist weg. Und das bei dem Wetter!

Beleuchtung

Alles wird schwerer. Wenn Sie jetzt ans Fenster treten, dann ist es schwerer als früher, selbst bei wolkenfreiem Himmel die Sterne zu sehen. Und woran liegt's? An den vielen Lichtquellen in Straßen und auf Plätzen. Begeisterte Sterngucker haben deshalb die Bundesregierung um ein Gesetz gegen zuviel Licht gebeten, doch die Politiker weigern sich, da es schon zu viele staatliche Regeln im Leben gäbe und die Bevölkerung kein Verständnis dafür hätte, wenn noch Vorschriften über das Anbringen von Beleuchtungskörpern mit Winkelangaben, Art der Lichterzeugung oder zeitlichen Begrenzungen hinzukämen. – Donnerwetter!

Absage

Weil die religiöse Sekte namens ›Große Weiße Bruderschaft‹ in Kiew für heute den Weltuntergang vorhersah, hatten Sektenführerin Tswigun Krimonogow und ihr Mann Juri in der Sankt-Sofia-Kathedrale wertvolle Ikonen mit Schaum aus Feuerlöschern besprüht, weshalb sie verhaftet wurden. Beobachtet von einem Großaufgebot an Polizei, warteten heute einige hundert Menschen an dieser Kathedrale auf das Jüngste Gericht. Doch vergebens; verhindert hat es der stellvertretende Innenminister der Ukraine, der heute mittag folgende knappe, aber wirksame Verordnung erließ: »Das Ende der Welt wird hiermit abgesagt.«

Frische Kaltluft

Un-Wort

Menschen mit Gefühl für den Umgang mit Worten ärgern sich häufig über schlechtes Deutsch. Sollten Sie dazugehören, dann können Sie Ihrem Ärger Luft machen. Denn seit heute läuft die Suche nach dem Un-Wort des Jahres, veranstaltet von der Gesellschaft der deutschen Sprache an der Universität Frankfurt. Und dieser Verein erklärt: »Besonderes Kennzeichen für das Un-Wort des Jahres sei der unmenschliche und sachlich unangemessene Sprachgebrauch.« Das Un-Wort des letzten Jahres hieß übrigens ›ausländerfrei‹.

Die Sonne in Miami

Mit dem Tod wird inzwischen wahrer Schindluder getrieben. Nachdem neun ausländische Touristen, darunter vier Deutsche, in den letzten zwölf Monaten in Florida ermordet wurden, hat ein Club nahe dem Flughafen von Miami jetzt eine Rock-Band mit dem Namen ›Dead German Tourist‹ – Toter Deutscher Tourist auftreten lassen. Die Texte der Band handeln nicht von den Morden. Da die Band nicht durch ihre Musik berühmt wurde, versuchte sie es mit dem geschmacklosen Namen.

Zu trocken

Wir müssen alle umlernen, am meisten die Ostdeutschen. Da helfen Gott sei Dank die Behörden. Allerdings stößt das manchmal auf Unverständnis. Das mußten Ost-Betriebe erfahren, die einen Anspruch auf Ausgleichszahlungen von rund 200 Millionen Mark in Bonn geltend machten. Das Geld bekamen sie erst mal nicht, obwohl es ihnen rechtmäßig zusteht. Die Bürokraten begründen die Ablehnung damit, daß die Ostdeutschen ihre Papiere mit einem ostdeutschen Trockenstempel abfertigen ließen und nicht mit einem westdeutschen, in Bonn üblichen Naßstempel.

Es geht voran

In der Ex-DDR geht's doch auf vielen Gebieten voran. Auch bei der sprachlichen Vereinigung, wie – ganz wissenschaftlich – der Professor Wolfgang Bergsdorf aus Bonn feststellte: welcher Wessi wußte schon, daß ein ›Besamungsfacharbeiter‹, der ›abkindert‹, nichts Unanständiges tut, sondern nur einen DDR-Familienkredit tilgt, indem er Kinder zeugt. Damit ist nun Schluß, Schluß auch mit der Oblomowerei, was nichts anderes heißt als Faulenzen auf DDR-Russisch. Zu unser aller Zufriedenheit stellt Professor Bergsdorf fest, daß durch die Vereinigung die Bürokratensprache in Ostdeutschland vehement zurückgegangen sei. Aber eben nur in Ostdeutschland. Und nun die Faktoren der meteorologischen Verhältnisse.

Schwedische Gardinen

In Schweden ist der liberale Strafvollzug ins Gerede gekommen, aber anders, als Sie vielleicht denken, meine Damen und Herren. Da es sich rumgesprochen hat, daß man in den Gefängnissen pro Tag 13 Mark 50 verdient, ernährt und logiert wird, wollen Leute nicht raus, sondern rein. Nicht jedermann, aber besonders Russen. Die reisen nach Stockholm, begehen eine kleine Straftat, damit sie eingesperrt werden, arbeiten können und Devisen verdienen. Jetzt soll Schluß sein mit dem liberalen Strafvollzug: Das schwedische Justizministerium will die Gesetze ändern, damit der Aufenthalt hinter schwedischen Gardinen für Leute aus Ländern mit niedrigerem Lebensstandard weniger begehrenswert ist.

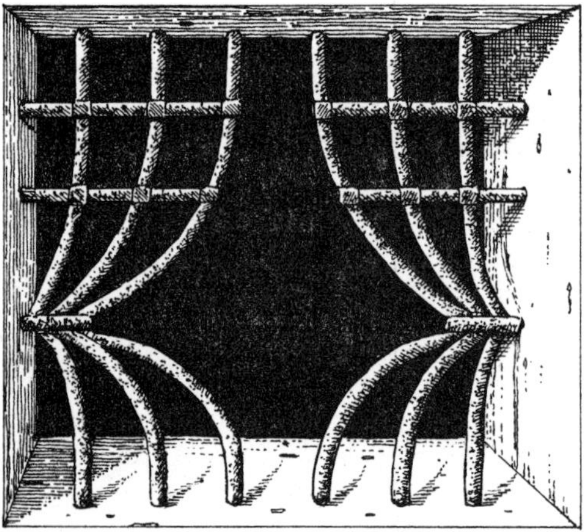

Gestern, heute, morgen

Was waren das noch Zeiten, als ein tapfres Schneiderlein sieben auf einen Streich schlug, sich diese Heldentat auf seinen Gürtel stickte und damit die größten Bösewichter in die Flucht trieb. Solch ein Schneiderlein bräuchte man heute in Bonn, denn dort haben die Schneiderlein vor nichts mehr Angst als vor der eigenen Courage. Wenn sie etwas vorschlagen, und es kommt großer Widerstand, dann haben sie es am nächsten Tag gar nicht so gemeint. Gestern war aus dem Mund des Verkehrsministers zu hören, es solle eine Autobahngebühr geben, ja, die Autobahnen würden privatisiert und so weiter und so fort. Heute werden die Antworten von gestern Fragen genannt, die morgen von einer Arbeitsgruppe untersucht werden. Wie ist das bei der Echternacher Springprozession? Zwei Schritte vor, einen zurück. Oder umgekehrt.

Was polnische Bauern gar nicht mögen

Wenn sich soviel in dieser Welt nach dem Zusammenbruch des Ostblocks verändert, fällt es manchem schwer, sich neu zu orientieren zwischen den Kulturen Amerikas und Rußlands. So geht's auch in Polen, wo das erste amerikanische Lokal geöffnet wurde und die Hamburger wie üblich mit Pommes frites verkauft werden. Als er das sah, sagte der Sprecher der Polnischen Bauernpartei: »Das mögen wir ganz und gar nicht.« Er meinte aber nicht die amerikanischen Bouletten, sondern die hier verkauften Pommes frites. Die stammen nämlich von russischen Kartoffeln.

Teure Genossen

Die Grenze zwischen Kommunismus und Kapitalismus ist überall gefallen, selbst im kommunistischen China. Das mußten jetzt Musikproduzenten von Kassetten mit Mao-Lobliedern erfahren, wie »Wir wünschen dem Vorsitzenden Mao ein unbegrenzt langes Leben«. Kassetten, deren Verkauf übrigens viel Geld einbringt. Zu den guten alten Zeiten des Kommunismus galten Urheberrecht und damit Tantiemen von Komponisten als dekadenter Kapitalismus. Doch jetzt ist der Kommunismus tot, also lebe der Kapitalismus, sagen sich selbst die alten Kommunisten, und die Kassettenproduzenten sollen plötzlich für die Mao-Lieder Geld abführen. Und weshalb sind die Kassetten mit Mao-Liedern solch ein Renner? Sagte ein Käufer: Aus reiner Wehmut, sie erinnerten an die guten alten Zeiten.

Verkehrte Welt

Zuerst versammelten sie sich und riefen: »Wir sind das Volk.« Die Politiker in Bonn hörten es mit Wohlgefallen. Dann versammelten sich immer mehr, und sie riefen: »Wir sind ein Volk.« Und die Politiker in Bonn hörten es mit großem Wohlgefallen. Jetzt versammeln sich die Menschen in Leipzig wieder zu ihren Montagsdemonstrationen, und sie rufen: »Uns reicht's!« Und sie meinen die Politiker in Bonn, denen das Volk jetzt gar nicht mehr gefällt.

Ganzdeutsch

Wer ist überhaupt ein Ausländer, und wer ist es nicht? Ausländer ist, wer keinen deutschen Paß hat. So einfach ist das. Nun gibt es Menschen, die sind in Deutschland geboren, sind da in die Schule gegangen, haben einen Beruf ergriffen und arbeiten, zahlen Steuern und Sozialversicherung wie jeder andere, sprechen deutsch wie Deutsche, sind von Kultur und Selbstverständnis her deutsch, nur dem Papier nach sind sie keine Deutschen. Weil ihre Eltern keinen deutschen Paß hatten. So kompliziert ist das hier. In Frankreich erhält jeder, der im Land geboren und aufgewachsen ist, mit der Volljährigkeit seinen französischen Paß, ganz egal ob die Eltern Franzosen sind oder nicht. Jetzt streiten sich die deutschen Politiker darüber, ob solchen Menschen, die ihrem Lebensweg nach Deutsche sind, nicht auch ein deutsches Papier gegeben werden sollte. Dann hätten sie eine doppelte Staatsbürgerschaft und wären immerhin zur Hälfte deutsch. Aber selbst das ist manchem Ganzdeutschen zu viel.

Echt christlich

Von echten Christen könnte es ruhig mehr geben. Denn daß die Zehn Gebote nicht mehr sehr verbreitet sind, sehen wir ja immer wieder. Das erlebten letztens Patienten einer Londoner Privatklinik, wo man manchem reichen Kranken täglich 600 Mark nur für den Tee abknöpfte. Bei anderen standen 3600 Mark täglich für Mahlzeiten auf der Rechnung, obwohl sie zu krank waren, um zu essen. Raus kam das Ganze, weil ein Angestellter der Klinik ein schlechtes Gewissen hatte. Gott sei Dank!

Große Wäsche

Was ist der Einbruch in eine Bank gegen die Gründung einer Bank, sagte Mackie Messer, als er unter dem Galgen stand. Heute würde er fragen: Was ist der Unterschied zwischen einem Banksafe und einer Waschmaschine? Keiner – mit beiden kann man Geld waschen. Dumm ist nur, wenn alles auffliegt und die Bank geschlossen wird. In London ist die Bank of Credit and Commerce International, kurz BCCI, in größten Schwierigkeiten, weil die Bankchefs – außer einem Einbruch – wohl alles gemacht haben, was man mit einer Bank eigentlich nicht machen darf. Terroristen wie Abbu Nidal wuschen dort Geld, wo auch der CIA geheime Konten führte. Normal ist nur, daß die Folgen die kleinen Sparer zu tragen haben – nach dem letzten Waschgang war ihr Geld wie weggespült …

Wenn man einen Preis erhält

In die Annalen der Kunst geht man ein, wenn man einen Preis erhält, und da sind die Franzosen Meister. Es gibt wohl kein Land der Erde, auf dem so viele Literaturpreise verliehen werden wie bei den Galliern. Jetzt hat der Romanschriftsteller und ehemalige Diplomat Guy Georgy für sein letztes Buch mit dem Titel ›Hafer‹ den Literaturpreis des Limousin-Rindes erhalten. Und was ist der Preis selbst? Ein wirklich lebender, eine Tonne schwerer Stier. Hoffentlich hat er einen Freund, der Schlachter ist.

Handbuch

Jeder bedient sich, so gut er kann. Die britischen Abgeordneten können sich seit heute in der Bibliothek ihres Hohen Hauses in einen weltweiten Bordell-Führer vertiefen. Das Handbuch wurde von der ehemaligen Bordell-Betreiberin Lindi Saint Clair verfaßt, nachdem ein Abgeordneter bei ihr Informationen über Prostitution und die Kosten eines Bordells eingeholt hatte. Lindi ist übrigens Gründerin der ›Besserungspartei‹, verlor aber dennoch die Wahl um einen Unterhaussitz. Ihr Buch kam in die Parlamentsbibliothek, weil es Einsichten in die internationale Prostitution ermöglicht, die die Regierung nur unter Schwierigkeiten einholen könnte. Der Bordell-Führer steht in der Abteilung für internationale Angelegenheiten und Verteidigung, ist aber schon ausgeliehen. Die Briten beweisen damit, daß man andern nicht in die Tasche greifen muß, um sich selbst zu befriedigen …

Geheimnisse der Werbung

Was im Fernsehen alles passieren kann, dafür haben die Engländer wieder einmal ein gutes Beispiel geliefert. Dort wurde ein Werbespot für die Gelben Seiten, also das Branchenverzeichnis der Telefonbücher, ausgestrahlt. Und der Spot geht so: Gestreßte Kunden fragen in allen Buchläden nach einem Buch des Anglers Hartley. Erst mit Hilfe der Gelben Seiten findet man das Angelbuch. Daraufhin sind viele Engländer losgezogen, nicht um die Gelben Seiten, sondern um das Buch des Anglers Hartley übers Fischen zu kaufen. Die Gelben Seiten gab's, das Buch des Anglers aber war erfunden. Jetzt hat ein findiger Verlag ganz schnell das Buch schreiben lassen, unter dem Namen Hartley veröffentlicht und gleich 40 000 Stück verkauft. Die Gelben Seiten aber bleiben weiterhin Ladenhüter.

Ohrabdrücke

Falls es den Leuten in Hollywood mal an Stoff mangeln sollte, dann können sie die köstlichsten Szenen bei den Sicherheitsbehörden in der ehemaligen DDR ausgraben. Die Ost-Berliner Polizei hatte sogar eine Lauschohren-Kartei angelegt. Darin standen nicht etwa all die Geheimagenten, die lauschten, sondern es war eine Sammlung von Ohrabdrücken, so wie von Fingerabdrücken, und damit wollte man Einbrecher fangen. Es hätte ja sein können, daß die vor dem Einbruch ihre Ohren an Wohnungstüren drückten und nach Geräuschen lauschten. Die Berliner Polizei prüft jetzt allen Ernstes, ob sie diese geerbte Sammlung von Lauschohrenabdrücken weiter verwenden soll.

Individuelle Umlaute

Ä – Ö – Ü sind Buchstaben, die Umlaut genannt werden und im Alphabet keinen festen Stammplatz haben. Dieses wichtige Problem beschäftigt nun den Bundestag, denn es gibt mehrere Möglichkeiten, Ä – Ö – Ü im Alphabet einzuordnen, was allerdings nur dann zum Problem wird, wenn man Ä – Ö – Ü im Lexikon sucht. Manche scheinen das häufig zu tun, deshalb baten Abgeordnete die Bundesregierung, sie möge eine einheitliche Umlaut-Einordnungs-Regelung verfassen. Die zuständigen Beamten streikten jedoch, denn die Sprache, so sagten sie im besten Bürokratendeutsch, entziehe sich als Gestaltungsmittel individueller Lebensäußerungen staatlicher Regelung.

Die Bauern lassen nach

Was gut ist, hält sich eben lange. Damit wirbt auch der Nürnberger Schneider Albrecht, der Pfarrern gebrauchte Talare verkauft. Ein neuer Talar kostet 750 Mark, ein gebrauchter die Hälfte. Mindestens zwanzig Jahre hält ein aus schwarzem Satinstoff genähter Kirchenrock. Obwohl sich die Mode für Talare seit siebzig Jahren nicht geändert hat, muß der Schneider die schwarzen Röcke den neuen Kunden anpassen, denn die Figur der Pfarrer hat sich im Lauf der Zeit gewandelt. Sagt der Schneider: »Sie sind magerer, die Schultern hängen nicht mehr, der Typ des beleibten Pfarrers stirbt aus.« Warum dies? »Früher haben die Pastoren eine Wampe angesetzt, weil sie von den Bauern stärker herausgefüttert wurden.«

Endlich Deutsch

Der seit siebzehn Jahren in Hamburg lebende Kroate Ivan Stojkovic bekam einen Musterungsbescheid. Er war nicht plötzlich Deutscher geworden, sondern es war ein Versehen im Melderegister, das korrigiert wurde. Dann erhielt der Kroate Wahlunterlagen zur anstehenden Bürgerschaftswahl. Ivan war immer noch nicht Deutscher geworden, sondern auch das war ein Versehen. Trotzdem bekam Ivan Stojkovic von der rechtsradikalen DVU ein Plakat zugeschickt mit der Aufschrift: Ich bin stolz, ein Deutscher zu sein. Dagegen hatte Ivans kroatische Frau schon vor fünf Jahren die deutsche Staatsbürgerschaft beantragt, aber nie erhalten. Als sie den Antrag jetzt wiederholte, wurde sie angeschnauzt, sie sei längst als Deutsche eingetragen. Ihr hat das Amt aber keinen Wahlschein geschickt.

Fremde

Fremde sind nicht nur Fremde, wenn sie anders sprechen, anders aussehen oder an etwas anderes glauben. Der englische Dramatiker Martin Sherman, der unter anderem das Stück ›Der Rosa Winkel‹ über die Ermordung von Homosexuellen durch die Nazis geschrieben hat, sagte heute: er sei ein Homosexueller. Und auch Homosexuelle und Lesbierinnen seien Einwanderer, sie seien Einwanderer in die Vorstellung anderer Menschen. Also Fremde unter Fremden.

Weiche Ziele

Häufig merken manche Leute gar nicht, wie gräßliche Dinge durch die allgemeine Wortwahl verschönt werden sollen. Da heißt es wachsam sein. Ein Beispiel: In serbisch oder kroatisch beherrschten Gebieten in Bosnien werden moslemische Männer, Frauen und Kinder vertrieben oder gar grausam umgebracht, damit in diesen Gegenden nur noch Serben oder Kroaten wohnen und daraus ein politischer Anspruch gezogen werden kann. Diese Grausamkeiten werden von Politikern und Journalisten als ›ethnische Säuberung‹ bezeichnet. Als wenn das Ermorden und Vergewaltigen auch nur irgend etwas mit Sauberkeit zu tun hätte. Der Begriff ›ethnische Säuberung‹ wurde deshalb heute von der Gesellschaft für Deutsche Sprache zum Un-Wort des Jahres erklärt. Als ›besonders verwerflich‹ wurde noch ein anderer Begriff aus dem Jargon der Militärs eingestuft: Wenn auf Menschen geschossen werden soll, dann sind sie nur noch ›weiche Ziele‹.

Alpiner Duft

Nicht nur in Deutschland ist es ungewöhnlich heiß, selbst auf den höchsten Alpen der Schweiz friert es immer weniger. Da fragen sich nun die Bauern, wohin mit ihrem Frostschutzmittel, das sie eingelagert haben. Kein Problem – sie geben es Milchkühen zu saufen. Und das aus gutem Grund: Die Bauern haben festgestellt, daß Milch von Kühen, die Frostschutzmittel trinken, nicht mehr so unangenehm nach Kuh stinkt.

Immer leiser

Die Baronin von Thatcher will im Oberhaus ihren Kampf gegen die europäische Einheit weiterführen, aber der Lord Saint John of Fawsley, einer jener schwerhörigen Herren, die schon seit Ewigkeiten im politisch unbedeutenden Oberhaus sitzen, meinte. »Wie laut ihre Stimme auch sein mag, man wird sie immer leiser und leiser hören.«

Nein

Boris Jelzin erhielt von Bill Clinton einen wichtigen außenpolitischen Rat. Clinton sagte: »Wenn Japan zu uns ›Ja‹ sagt, bedeutet das häufig ›Nein‹.« Daraufhin wurde der japanische Regierungssprecher Yohei Kono gefragt, ob Japaner Nein meinen, wenn sie Ja sagen. Und er antwortete kaltschnäuzig: »Nein.«

Absatzförderung

Ein gutes Buch ist teuer, das kann schon um die vierzig Mark wert sein. So kostet je nach Ausstattung der neue Katechismus der katholischen Kirche 36 oder gar 45 Mark. Um den Absatz trotz des hohen Preises zu fördern, hat Johannes Dyba, Bischof von Fulda, den ersten hundert Käufern dieses Glaubensbuches eine Bargeldprämie von 20 Mark versprochen. Allerdings verlangt der mißtrauische Hirte von seinen Schäflein die Vorlage einer Quittung.

Fürsorge

Panzer und Traktoren haben eins gemeinsam: Sie verfügen über kein eingebautes ›stilles Örtchen‹. Das ist für Soldat oder Bauer im Freien ja auch nicht unbedingt nötig. Aber da die Bundeswehr befürchtet, ihre Herren könnten sich die Blase erkälten, läßt sie Toilettenhäuschen bauen. Sehr fürsorglich. Nur scheinen ›stille Örtchen‹ bei der Armee sehr teuer zu sein: Auf dem Truppenübungsplatz in Norddeutschland will die Bundeswehr für ein Klo mit nur sieben Sitzplätzen fast 300 000 Mark ausgeben. Für diesen Preis bekommt man doch schon ein Einfamilienhaus mit Zubehör!

Die Last der Nase

Wenn Sie morgen aufs Amt müssen und der Beamte Sie dort eher muffig behandelt, dann liegt das vermutlich an Ihnen. Denn eine Umfrage hat ergeben, daß Beamte die Berufsgruppe mit den empfindlichsten Nasen seien und jeder zweite Beamte sich durch das unangenehme Parfüm seiner Mitmenschen belästigt fühle.

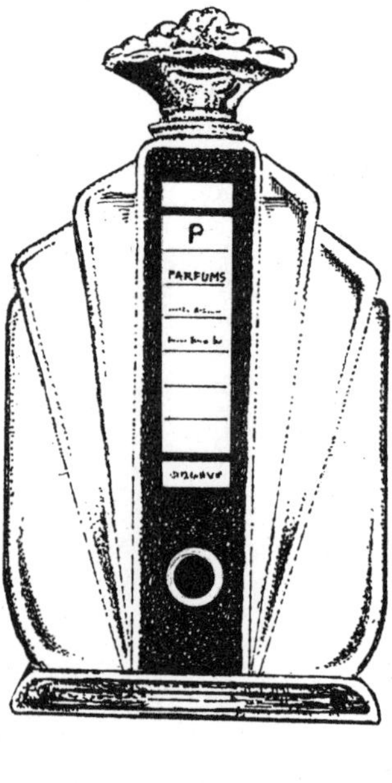

Schweizer Tarif

Achtung, eine wahre Geschichte: Letztens flog Herr Homann nach Bern und stieg am Flughafen in das einzige Taxi. Der Fahrer fragte: »Nehmen Sie das Taxi oder den Bus?« Homann etwas verwirrt: »Na, wo ich schon bei Ihnen sitze: das Taxi.« Die Fahrt in die Stadt kostete 37 Franken. Abends stand an der Bushaltestelle das Taxi. Herr Homann stieg ein, und wieder fragte der Fahrer: »Taxi oder Bus?« Diesmal antwortete Homann: »Bus bitte.« Der Taxifahrer: »Dann müssen wir noch drei Minuten warten, bis der Fahrplan stimmt.« Die Busfahrt im Taxi kostete nur 11 Franken.

Schnüffler

Zwischen Kehl und Straßburg gilt es ein Problem zu lösen. Dort stinkt es häufig, aber keiner weiß warum. Zwar werden einige Firmen im Straßburger Hafen verdächtigt, aber nachweisen konnte man es niemandem. Deshalb haben sich die Behörden jetzt etwas ausgedacht. Sie stellen Schnüffler ein. Leute mit Nase. 300 Schnüffler in Straßburg und 100 in Kehl. Die riechen jeden Mittwoch um 7 Uhr früh und noch mal Samstag um 7 Uhr abends. Dann holen sie ihr Notizbuch raus und schreiben die Art des Geruchs und die Stärke des Gestanks auf. Wissenschaftler werden das alles auswerten. Dann wird man zwar wissen, um wieviel Uhr und zu welcher Jahreszeit es stark stinkt, aber was ändert's? Stinken tut's weiterhin.

Kalt

Wenn's kalt wird, dann erinnern sich die im Warmen an die Armen, die frieren. Aber man friert nicht nur, wenn es kalt ist.

Nur mal schnuppern

Das Wort Schnuppern bedeutet: in kurzen Zügen Luft durch die Nase einziehen, um einen Geruch wahrzunehmen. Den Bayern wird nun von dem CSU-Abgeordneten Eduard Oswald vorgeschlagen, sie sollten der Parteien-Verdrossenheit entgegenwirken, indem sie in kurzen Zügen Luft durch die Nase einziehen, um den Geruch der CSU wahrzunehmen. Um dies zu ermöglichen, möchte er eine Schnuppermitgliedschaft einführen. Ein CSU-Schnuppermitglied brauche ein Jahr lang keinen Beitrag zu zahlen, dürfe zwar auch nicht abstimmen, werde aber zu allen Veranstaltungen eingeladen. Und da gibt's ja bekanntlich Freibier.

Sauber

Saubere Beamte sind dem Volk gewiß nicht unangenehm, aber denkende wären sinnvoller. Um der Sauberkeit willen setzt die Stadt Wiesbaden im Fußgängerbereich Kehrfahrzeuge ein, die nicht nur Zigarettenschachteln, sondern auch Bananenschalen beseitigen. Die Kehrmaschinen funktionieren jedoch so gut, daß sie auch den Mörtel zwischen den Steinen wegsaugen. Nun sollen die Fugen für 400 000 Mark mit einem Spezialmörtel ausgefüllt werden, der nach Expertenmeinung dem Drang nach Sauberkeit widersteht.

Einübung in fremde Sitten

Aus einem Faltblatt der chinesischen Regierung für Auslandsreisende: »Spucken Sie nicht öffentlich aus. Machen Sie keinen Lärm. Lachen Sie nicht laut. Bohren Sie nicht in den Zähnen, bohren Sie nicht in der Nase und auch nicht in den Ohren. Kratzen Sie sich nicht, rülpsen Sie nicht, ziehen Sie die Schuhe nicht aus. Gehen Sie behutsam. Im Notfall können Sie schneller gehen, aber rennen Sie nicht wild los.«

Weitere Aussichten

Der Kanzler in Peking

Als der Bundeskanzler letztens in Peking war, sagte ihm der chinesische Ministerpräsident Li Peng: »Ich habe zu Hause einen Ventilator von Siemens. Er muß am Anfang dieses Jahrhunderts hergestellt worden sein, aber er arbeitet immer noch.« Darauf Helmut Kohl schlagfertig: »Ich würde Ihnen gern einen neuen verkaufen.« Übrigens – die von Siemens gebaute Mikrofonanlage im Bundestag ist heute wieder einmal zusammengebrochen. Wenn das Li Peng erfährt …

Am Tiefpunkt

Mehrere Meldungen des heutigen Tages haben mich nachdenklich gestimmt: Erstens besagt eine Umfrage des Allensbacher Instituts für Demoskopie, nur 38 Prozent der Deutschen hätten den Wunsch, 150 Jahre alt werden zu wollen. Vor vierzig Jahren wollten das noch 55 Prozent. Zweitens: Der deutsche Schäferhund wird als Diensthund bei der Bundeswehr vom belgischen Herdenhund verdrängt. Drittens: Im September will die Stadt Köln alle 26 öffentlichen Bedürfnisanstalten dichtmachen. Dazu die empörte Kölner Klofrau Marlies Müller: »Dann pinkeln die Leute gegen den Dom.«

Vorsicht, Sabine

Heilige leben gefährlich. Der Beweis: Wenn es früher nichts zum Essen gab, lag das häufig am Wetter. Es hatte dann meist zu wenig geregnet, manchmal aber auch zuviel. Damals wußte man, an wem das schlechte Wetter lag, an irgendeinem Heiligen. Und am Regen sind Sankt Medardus und die heilige Sabine schuld. Früher handelte man auch entsprechend: Als die Sintflut gar nicht mehr aufhören wollte, hat man in Frankreich alle Statuen des heiligen Medardus ertränkt. Daraufhin schien die Sonne. Wenn einem heute der Urlaub versaut wird, dann liegt das auch am Wetter. Da muß die heilige Sabine nun achtgeben.

Warten auf Europa

Haben Sie schon einmal Quorn gegessen? Nein, nicht Korn, sondern Quorn. Vielleicht kennen Sie das noch nicht, es handelt sich um novel-food. Novel-food klingt auf amerikanisch wie nouvelle cuisine, hat aber mit dem köstlichen französischen Essen nichts zu tun. Novel-food ist, so könnte man sagen, künstliches Essen, Essen, das aus dem Gen-Labor stammt. Und Quorn ist biotechnisch hergestelltes Eiweiß. Es wird in britischen Labors aus einem Mikropilz hergestellt und kommt inzwischen auch in Deutschland als Fleischersatz auf den Tisch. Guten Appetit, könnte man sagen, und sich mit Grausen wenden, wenn folgender Umstand nicht so tragisch wäre: Trotz des Starts des Europäischen Binnenmarktes gibt es in Europa keine einheitliche Benimm-Vorschrift für das Essen aus dem Gen-Labor. Wir warten also hungrig auf Brüssel!

Blutige Ausnahme

Ist Ihnen, meine Damen, schon einmal aufgefallen, daß die meisten Speisen die Namen von Männern tragen? Lukullisch nennt man ein vorzügliches Mahl – nach dem römischen Feldherrn Lucullus. Da gibt's Heringe nach dem Kanzler Bismarck, dessen Sturz von Friedrich von Holstein betrieben wurde, und nach dem ist das Schnitzel mit Spiegelei benannt. Brote tragen den Namen des Grafen von Sandwich, selbst die Béchamelsauce stammt von Louis de Béchamel, Marquis de Nointel. Nach einer Frau, der englischen Königin Maria I., ist nur ein Getränk benannt: Bloody Mary.

Neue Möglichkeit zu trauern

Ein frisches, neues Jahr liegt noch vor der Menschheit, und schon heißt es wieder Zeit sparen. Besonders in den USA. Dort kann man vom Auto aus Bankgeschäfte erledigen oder Hamburger einkaufen – und jetzt auch an einer Trauerfeier teilnehmen. Der Bestattungsunternehmer Willie Junior aus Pensacola in Florida hat eine Drive-in-Trauerhalle in einer ehemaligen Kirche errichtet. Man fährt mit dem Auto vor, wirft einen letzten Blick auf den im Fenster liegenden Leichnam, trägt sich ins parat liegende Trauerbuch ein und gibt wieder Gas.

Mit oder ohne Bart

Ein wichtiger Hinweis für Leute, die unbedingt Karriere machen wollen, kommt jetzt von einer britischen Beraterfirma. Nach deren Untersuchung ist der Weg in die Spitzenpositionen eines Unternehmens mit Bart schwieriger als ohne. Von Bartträgern werde nämlich angenommen, daß sie etwas verbergen wollen oder gar anarchistische Gefühle hegten. Wer jedoch weder auf Bart noch auf Karriere verzichten will, der hat – laut Untersuchung – besser Chancen im öffentlichen Dienst. Aus nicht genannten Gründen gilt dort Gesichtsbehaarung als Zeichen für Engagement und Ernsthaftigkeit. Vielleicht liegt's bei manch einem daran, wenn's bisher nicht geklappt hat.

Alles falsch

Von wegen Schlußlicht: Die Amerikaner haben ja Angst, die Japaner würden sie etwa auf dem Automobilmarkt zum Schlußlicht machen, einfach weil japanische Autos so viel besser gebaut sind, und das hat seinen Grund, denn die Japaner sind einfach besser ausgebildet. In Texas hat nun eine Untersuchungskommission festgestellt, was faul ist an der amerikanischen Ausbildung: nicht einmal die Schulbücher stimmen. In einem steht, Napoleon habe bei Waterloo gesiegt, obwohl er da doch seine größte Niederlage erlitt, oder es heißt, der Korea-Krieg sei von US-Präsident Truman mit der Atombombe beendet worden. Beides falsch. Eisenhower war Präsident, und die Atombombe wurde nicht geworfen ... und so fort. Sagte Jane Nelson von der Schulbuch-Kommission in Texas: »Vielleicht sollten wir unsere Schulbücher in Japan herstellen lassen.«

Ohne Gutachten unzurechnungsfähig

Für manche Funktionäre müßte gelten, was auf dem Psychiatrie-Jahreskongreß in Dublin heute ein britischer Wissenschaftler forderte. Und zwar was? Regelmäßige Untersuchungen des Seelenzustands von Politikern. Als der deutsche Regierungssprecher Dieter Vogel gefragt wurde, was er davon halte, antwortete er: »Wenn ein Politiker nicht mehr zurechnungsfähig sei, würde die Öffentlichkeit das auch ohne Gutachten merken.«

Suchtgefährdet

Wie eine Meldung aus einem Komikfilm kommt einem die Umfrage über deutsche Ärzte vor, die die Zeitschrift ›Vital‹ jetzt veröffentlicht. Da heißt es: Jeder vierte Arzt raucht, jeder dritte Heilkünstler hat Übergewicht, jeder zweite Doktor trinkt Alkohol. Die Ärzte zählen, nach Angaben des Chefs der Berliner Ärztekammer, zu einer der kränksten Bevölkerungsgruppen in Deutschland. Ach, meine Damen und Herren, es kommt noch schlimmer! 43 Prozent der Ärzte halten ihren Berufsstand sogar für ›suchtgefährdet‹.

Rauchers Rache

Folgendes berichtet die rumänische Zeitung ›Romania Libera‹: Vierzig Jahre beschimpfte Aneta Cemenescu ihren Mann Marin, weil er rauchte. Jetzt ist er gestorben. In seinem Testament hinterläßt er Haus und Vermögen seiner Frau Aneta, allerdings unter einer Bedingung: daß sie von nun an täglich fünf Zigaretten raucht.

Vorbildliche Dankbarkeit

Jeden Morgen erhält der Lebensmittelhändler Erwin Fink in dem kleinen Ort Urspring auf der Schwäbischen Alb ein kostenloses Frühstücksei. Absolut regelmäßig erscheint eine Henne und legt in den Papierkorb vor seinem Laden ein Ei. Fink hatte das Huhn im August letzten Jahres aus einer Flußquelle gezogen und so vor dem Ertrinken gerettet. Gleich danach begann die Henne mit dem täglichen Eierlegen im Papierkorb.

Um Himmels willen

Es gibt mehr Dinge im Himmel und auf Erden, als eure Schulweisheit sich träumt, sagt Hamlet bei Shakespeare, und tatsächlich, am Himmel geschehen Zeichen und Wunder, die alle Tierfreunde des christlichen Abendlandes längst erwartet haben. Auf die Frage nämlich, ob auch Ihr Hausschwein, Lieblingshund oder Kanarienvogel in den Himmel kommen, hat niemand geringerer als der Papst persönlich eine Antwort gefunden: Ja, sie dürfen auf einer Wolke neben den Engelein schweben, denn auch Tiere haben eine Seele.

Heißer Tip

Hat sich bei Ihnen wegen der Feuchtigkeit schon wieder das Rheuma gemeldet? Macht nichts, jetzt gibt es ein hervorragendes Mittel gegen den Schmerz. Beim chinesischen Ameisenkongreß in Nanking haben Experten verkündet, eine Portion knuspriger Ameisen am Tag lindere den Schmerz. Zum Kampf nicht nur gegen Rheuma, sondern auch gegen Hepatitis und andere Krankheiten sei die Ameise vom Typ *Polyrachis Vicina Roger* besonders wirksam. Wenn Ihnen Ameisen gebraten nicht schmecken, können Sie die Tierchen unauffällig auch im Sirup einnehmen.

Tierisch gut

Drei wichtige Meldungen: Über Nacht hat ein dreißig Zentimeter langes Krokodil ein im Frankfurter Osthafen liegendes Schiff geentert. Die Wasserschutzpolizei weiß nicht, wie das Tier in den Main kam. Auf dem Stuttgarter Flughafen wurde ein Halbaffe entdeckt, der als blinder Passagier mit einer Sendung Biobananen aus Westafrika einreiste. Und in Stockholm haben fünf schwedische Börsenmakler einen Wettkampf gegen einen Affen verloren. Die Börsenmakler kauften nach bestem Wissen Aktien, die schnell steigen sollten. Der Affe aber machte fünfzig Prozent mehr Gewinn. Er warf mit Dartpfeilen auf die an der Börse ausgehängten Kurszettel und traf ins Schwarze.

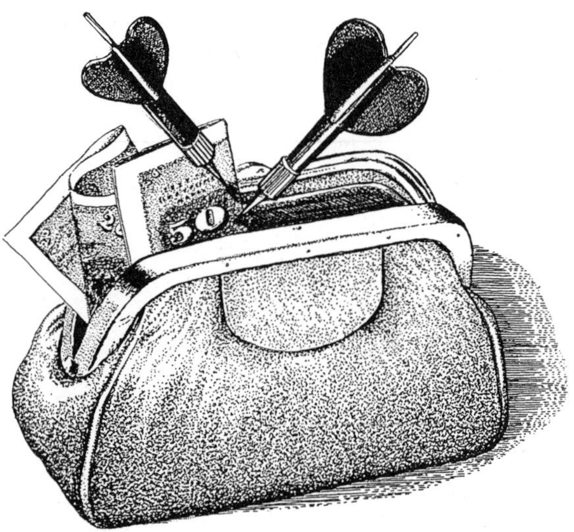

Der Hahn kräht

Der Wetterforscher Wolfgang Röder schreibt im Amtsblatt des Institutes für Meteorologie der Freien Universität Berlin, der Winter werde sehr kalt. Sein Chef, Horst Malberg, schreibt im gleichen Blatt, der Winter werde eher mild. Womit die Redewendung bewiesen wäre: Wenn der Hahn kräht auf dem Mist, ändert sich das Wetter oder bleibt, wie es ist.

Über das Wirken von Erkenntnissen

Vor 35 Jahren hat der britische Professor Cyril Parkinson das erfunden, was als Parkinsonsches Gesetz in die Wissenschaft einging. Er kritisierte die Bürokratie. In Behörden werde jede Arbeit entsprechend der Zeit, die dafür zur Verfügung steht, ausgedehnt. Ein Beispiel: Die Zahl der Verwaltungsbeamten in der britischen Marine habe ständig zugenommen, während die Zahl der Kriegsschiffe abnahm. Weiterer Kritikpunkt: Verwaltungen blähten sich so auf, bis sie nur noch mit sich beschäftigt sind. Ein Beispiel: Es gibt Botschaften, die bereits von sich selbst leben können. Bis jedes Mitglied der Botschaft das andere zum Cocktail eingeladen hat, ist es bereits Zeit, wieder beim ersten zu beginnen. Professor Parkinson ist heute gestorben. Als er einmal nach der Wirkung seiner Erkenntnisse gefragt worden war, hatte er trocken geantwortet: »Null komma Null.«

Kulturwirtschaft

Merkwürdig, aber: Das Wort ›Wirtschaft‹ benutzen die Deutschen genau so zweideutig wie das Wörtchen ›Kultur‹. Heute haben sich da die Sachsen wieder einmal mit Zweideutigkeiten hervorgetan. Damit die Wirtschaft dort besser greife und endlich aufblühe, sollen die Wirtschaften, also die Gaststätten, nun rund um die Uhr geöffnet werden: Die Sperrstunde ist abgeschafft worden – und zwar ohne Einschränkung. Zweideutig aber die kulturelle Begründung: zu einem florierenden Staatswesen gehöre eine florierende Gaststättenkultur.

Zarte Versuchung

Die Verführung ist ein ewiges Thema der Menschheitsgeschichte. Das fing mit Eva an, die Adam zum Biß in den Apfel verleitete. Heute klagen Kulturkritiker die Werbung an, sie sei eine ewige Verführung zum Kauf von Dingen. Aber nun stehen die deutschen Werbepäpste Schlange, um eine Kampagne zu entwerfen, die nicht dem Kauf von Staubsaugern oder Babywindeln geweiht ist, sondern die Menschen zurückführen soll zu etwas, was man nicht kaufen kann: zum Glauben. Solch weltliche Überlegungen gehen auf die evangelische Kirche zu Köln zurück, die der Welle von Kirchenaustritten mit Werbung entgegentreten will – Verführung zum Glauben.

Weit entfernt

Nach einem neuen, heute vorgestellten Ethik-Katalog können Politiker bei ›lasterhaftem Verhalten‹ getadelt oder sogar aus dem Parlament ausgeschlossen werden. Das wurde heute in Manila beschlossen. Die Hauptstadt der Philippinen liegt 6500 Luftmeilen von Bonn entfernt.

Ladenschluß

Sicher wissen Sie, was einen Tante-Emma-Laden von einem Selbstbedienungsladen unterscheidet. Beim ersten bedient Sie noch ganz nach Treu und Glauben die Tante Emma. Beim Selbstbedienungsladen traut man den Kunden schon weniger, weil der manchmal Dinge mitgehen läßt, ohne sie zu bezahlen. Wenn er aber dabei von dem, der den Laden hütet, erwischt wird, dann gnade ihm Gott. Jetzt gibt es aber Selbstbedienungsläden besonderer Art, wie etwa den Plenarsaal der Hamburger Bürgerschaft, wo die Hüter des Ladens, nämlich die Abgeordneten, beschlossen haben, sich selbst zu bedienen, sich also höhere Gratifikationen zu bescheren. Nur sollten sie achtgeben, daß diese Bescherung keine Bescherung der besonderen Art wird, wenn nämlich der Wähler seine Ladenhüter nicht mehr will…

Streichen Sie mal

Im Bundeshaushalt sollen ja 20 Milliarden Mark gestrichen werden. Nun streichen Sie mal solch eine große Summe. Kein Wunder, daß der Bundesfinanzminister jetzt in seinem Ministerium Streicher sucht. Tatsächlich steht in der jüngsten Ausgabe der Hausmitteilung des Finanzministeriums eine Ausschreibung, in der Streicher gesucht werden. Und die braucht Theo Waigel so dringend, daß es heißt: Erfahrung wäre von Vorteil, ist jedoch keine Bedingung. Trotzdem sollte, wer sich meldet, vom Streichen schon was verstehen, allerdings nicht mit dem Rotstift, sondern mit dem Violinbogen. Gesucht werden Streicher für das Orchester der Bundesministerien.

Vorbilder

Es war einmal ein Wahlvolk, das hatte drei Söhne, die hießen Günther, Klaus und Max. Zu diesen sagte das Volk: »Zieht hinaus und sucht nach Werten. Wer den schönsten Wert bringt, der erhält die Krone.« Günther dachte an den Wert Geld. So nahm er den Namen Krause an, wurde Verkehrsminister und zog um. Das kostete 6000 Mark, die ließ er sich von seinem Ministerium erstatten.

Auch der zweite Sohn, Klaus, machte nicht den Unterschied zwischen moralischen und materiellen Werten. Er nannte sich Wedemeier, wurde Regierungschef in Bremen und ließ sich von den Bremer Stadtwerken ein Schlafzimmer schenken und für seine Partei einen dicken Batzen Geld.

Max, der dritte Sohn, sagte sich: »Ich nenn' mich Streibl und setz' auf Freundschaft, das ist doch ein wirklich schöner Wert.« Und so reiste Max mit seinen Amigos durch die Welt, ließ sich von ihnen einladen und war darob wirklich glücklich – wie die beiden anderen auch, ein jeglicher auf seine Art.

Und wenn sie nicht gestorben sind, so sind sie heute noch ein Vorbild, oder?

Im Zentrum des Geschehens

Neid und Mißgunst machen sich gegenüber Politikern breit. Nicht etwa, um dem Winter zu entfliehen, haben jetzt vier Bundestagsabgeordnete eine Reise nach Australien und Neuseeland unternommen. In den touristisch attraktiven Naturparks Neuseelands haben sie eigenhändig das Ozonloch untersucht. In Australien, am fotogenen Ayers Rock, studierten sie die Gesundheitsfürsorge der Ureinwohner, und im warmen Wasser des Barrier Reefs begutachteten sie bedrohte Korallenbänke. Ja, und heute waren sie in Singapur so erschöpft, daß sie das offizielle Programm absagen ließen, um sich touristisch zu erholen. Mißgunst, weil die Reise den Steuerzahler etwa 100 000 Mark kostet? Bloß keinen Neid! In Singapur hat es geregnet.

Schmierige Weihnachten!

Die Korruptionswelle, die das politische System des Landes erschüttert, wird sich auf den Gabentischen breitmachen. Renner im Weihnachtsgeschäft sind T-Shirts mit dem Aufdruck: »Ich nehme Schmiergelder.« Statt Monopoli gibt es ein Gesellschaftsspiel, bei dem jung und alt als Bauunternehmer alles, auch Ungesetzliches tun, um an öffentliche Großaufträge zu kommen. Und hat man Freunde in der Politik, so kann man ihnen eine Freude bereiten und ihnen täuschend echt nachgemachte Ermittlungsbescheide der Justizbehörden wegen Bestechungsverdachtes überreichen. Das Ganze spielt – doch nicht in Deutschland! – in Italien.

Bare Mittel

Das Wort ›vermittelbar‹ steckt voller Überraschungen. Ein Bonner Politiker meint, die überhöhten Gehaltszahlungen einiger Regierungsmitglieder in Sachsen-Anhalt seien nicht vermittelbar gewesen. Sie erhielten monatlich hohe Mittel zwar nicht in bar, aber zu Unrecht, Zahlungen, deren Sinn dem Volk nicht vermittelt werden konnten. Weil ihr Drang zum Baren langfristig nicht zu vermitteln war, sind die Politiker jetzt arbeitslos. Nicht vermittelbar nennt das Arbeitsamt auch Langzeit-Arbeitslose, die es auf dem Arbeitsmarkt nicht mehr vermitteln kann.

Opfer

Für die Deutschen ist das Pfingstfest vorüber, eine Tradition, die auf dem Neuen Testament beruht. Für die Türken beginnt heute eine der wichtigsten Feiern, Kurban-bairame, das viertägige Opferfest, das aus dem Alten Testament herrührt, wo Abraham seinen Sohn Isaak opfern will. Heute hat das türkische Opferfest eine soziale Bedeutung. Wer wohlhabend ist, opfert einen Hammel, den die Armen verspeisen, die sich kein Fleisch leisten können.

Sichere Renten

Eine beruhigende Meldung kommt heute vom Statistischen Bundesamt: In Deutschland leben 80 Millionen 980 000 Menschen, das ist ein Prozent mehr als Ende 1991. Das Land stirbt also nicht aus. Zwar gab es 76 000 Todesfälle mehr als Geburten, doch sind fast 800 000 Menschen nach Deutschland gezogen, die werden für Ihre Renten arbeiten.

Nie wieder singen

Ein Schicksal zum Nachdenken: Es schere ihn nicht, ob er Serbe, Moslem oder Kroate sei, sagt der einst gefeierte Baritonstar der inzwischen zerstörten Oper von Sarajevo, Miroslav Janic. Er hasse Nationalismus und suche seit zehn Monaten vergeblich einen Raum, und sei er auch noch so klein, wo er, der sein Leben dem Wohlklang der Musik gewidmet hat, nicht nur vor dem Krieg, sondern auch vor dessen Lärm geschützt sei. Der andauernde Krach von knatternden Maschinengewehren und explodierenden Granaten hätte ihn alle Töne und Geräusche hassen lassen, sagt Janic. Deshalb werde er nie wieder singen.

Schadensersatz

Kunst und Politik liegen häufig nah beieinander. Das beweist auch der Moskauer Kunstagent Anastas Mikojan. Der hat familiäre Bindungen zur Politik, denn sein Großvater war 1964 bis 65 sowjetisches Staatsoberhaupt. Jetzt will der Mikojan-Enkel den einbalsamierten Leichnam von Lenin in eine Kiste packen, zwei Jahre lang um die Welt schleppen und als Kunstobjekt überall, wo gewünscht, ausstellen, nur nicht gerade auf der Kirmes. Daneben plant Mikojan auch den Verkauf von überflüssigen Lenin-Statuen, weil sie in Rußland niemand mehr mag. Den Gewinn aus diesem Happening will der Kunstagent den Alten und Schwachen stiften, die im Glauben an die Ideen Lenins ihr Leben verschenkt haben und heute vor dem Nichts stehen. Ob das reicht? In Rußland allein leben 150 Millionen Menschen.

Der Marschallstab im Tornister

Aus guten Theaterstücken läßt sich immer ein schönes Zitat ziehen: »Bereit sein ist alles«, sagt Hamlet, und nach diesem Motto ist auch die DDR geführt worden. In den Asservatenkammern der Nationalen Volksarmee fanden sich jetzt drei Paar Marschall-Achselstücke aus purem Gold, jeweils von einem Rubin gekrönt. Sobald die Volksarmee im Kriegsfall die Pyrenäengrenze am Atlantik erreicht hätte, wären Erich Honecker, Erich Mielke und der dann amtierende Verteidigungsminister zu Marschällen ernannt worden.

Einstimmige Bitte

Vom Himmel auf Erden träumt, nach dem Ende des Kommunismus, wieder der russische Adel. Fast auf den Tag genau 75 Jahre nach der Bolschewistischen Oktoberrevolution trafen sich dreißig regionale Adelsvereinigungen in Moskau zum ersten ›Allrussischen Nobilitätskongreß‹ seit 1917. Die Nachfahren der früheren Feudalherren waren einstimmig der Meinung, das russische Volk möge demokratisch beschließen, einen legitimen Monarchen auf den russischen Thron zu bitten.

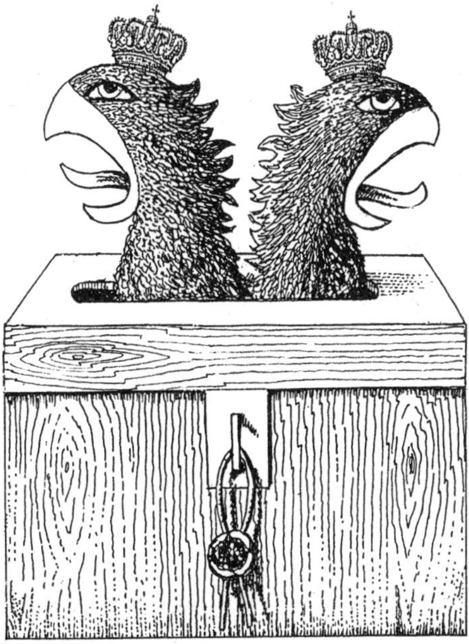

Verstärktes Wetter

Pech hatte der Automechaniker Roger Spillman aus dem amerikanischen Bundesstaat North-Carolina. Bei einer öffentlichen Versteigerung nicht abgeholter Ware erstand er für 75 Dollar einen Verstärker. Doch kaum zu Hause, erschienen Soldaten der Luftwaffe und beschlagnahmten das Gerät. »Sie waren ein bißchen muffig, als sie es mitnahmen«, erklärte der Automechaniker. Warum? Es handelte sich um einen Tonverstärker für Satelliten im Wert von 360 000 Dollar. Was für einen Satelliten? Einen für die Wetterbeobachtung.

Ciao Bello

In der chinesischen Stadt Kanton hat die Stadtverwaltung auf Drängen von gebissenen Bürgern das Halten von Hunden verboten. Die Behörde beruft sich auf eine Bestimmung aus dem Jahr der kommunistischen Machtübernahme – 1949 –, wonach der Besitz von Hunden als bürgerliche Untugend geächtet wird. Von dem Haustier-Verbot will die Stadtverwaltung nur eine Ausnahme zulassen: Verkauft werden dürfen nur noch vom Gesundheitsamt untersuchte Hunde, wenn sie anschließend im Kochtopf landen.

In der Geschichte graben

Im alten Ägypten haben die Pharaonen sich in Pyramiden beerdigen lassen und nahmen in ihr Grab Gold und Edelsteine mit. Die Wege zu den Grabkammern wurden als wahre Labyrinthe angelegt, damit Grabräuber sie nicht finden könnten. Und tatsächlich, erst als die Archäologen, Grabräuber der moderneren Zeiten, mit wissenschaftlich raffinierten Methoden ans Werk gingen, wurden viele Gräber geöffnet, nicht nur die von Pharaonen in Ägypten, auch die von Königen in Griechenland, in Troja, wo auch immer auf der Welt. Nun ist die DDR untergegangen, und wieder machen sich Grabräuber auf den Weg, denn auch hier sind hohe Herrschaften an geheimgehaltenen Orten ins Grab gelegt worden. Wer tief genug buddelt, findet zehn Meter Lenin im märkischen Sand.

Vergessen

Aus dem Griechischen stammt das Wort Amnestie, und wörtlich übersetzt heißt es ›vergessen‹ oder noch besser: ›vergessen lassen‹. Die Amnestie ist ein Serum, das von einer besonderen Berufsgruppe immer dann gern verschrieben wird, wenn zu viele ihrer Mitglieder gegen die Gesetze verstoßen haben. Eine Amnestie für bestochene Politiker will der italienische Ministerpräsident erlassen, damit nicht zu viele von ihnen ins Kittchen wandern. Gegen die Amnestie sind jedoch diejenigen, die kein Geld erhielten. So entwickelte sich die Debatte im italienischen Parlament um die Moral in der Politik zu einem Handgemenge zwischen den Bestochenen und denen, die beim Bestechen – vergessen wurden.

Gemeine Drohung

Manche Politiker sind unverbesserlich. Erinnern Sie sich noch an Gennadi Janajew, den ehemaligen sowjetischen Vizepräsidenten, der den Putsch gegen Gorbatschow anzettelte? Der sitzt jetzt in Moskau im Gefängnis. Und in seiner Zelle betreibt der alte Herr Muskeltraining. Den Grund dafür erklärte er seiner Frau: »Wenn ich hier rauskomme«, sagte Janajew, »muß ich unbedingt jemandem in die Fresse hauen.« Nur wem, sagt er nicht.

Haushaltstag

Tatsächlich, nichts ist im Himmel und auf Erden mehr so wie früher. In dem sonst nicht mehr für umstürzlerische Gedanken bekannten Österreich gärt es in der katholischen Kirche. In Oberösterreich haben zwölf junge Seelsorger eine Art Priestergewerkschaft gegründet. Der erste Punkt ihrer Tarifforderungen ist nicht neu: Sie wollen nicht mehr im Zölibat leben, sondern mit Frauen zusammenwohnen. Das kennt man ja inzwischen. Aber nein, wenn sie – vielleicht wegen Verstoßes gegen die Zölibatregeln – entlassen werden, fordern sie von der Kirche Arbeitslosengeld. Und schließlich verlangen die Diener Gottes einen arbeitsfreien Sonntag pro Monat als ›Haushaltstag‹. Um was bloß zu tun?

Strengste Sitten

»Immer mehr Urlauber weigern sich, sich auszuziehen. Dieses Verhalten ist sehr beleidigend für wahre Nudisten«, beklagt sich der Bürgermeister des französischen Nudistenortes Cap d'Agde. Drum hat er eine Strandpolizei aufgestellt, die angezogenen Strandbesuchern befiehlt, sich sofort die Badehosen runterzuziehen.

Schuld und Sühne

Eine der ältesten Anekdoten der verblichenen Sowjetunion handelt von drei Briefen. Diese drei Briefe schreibt der Staats- und Parteichef für seinen jeweiligen Nachfolger. Und diese drei Briefe hat – so die aktuelle Anekdote – auch Boris Jelzin von Michail Gorbatschow erhalten. Den ersten hat Jelzin gleich aufgemacht, und darin stand: »Schieb alle Schuld auf den Vorgänger.« Hat Jelzin gemacht. Schuld an der wirtschaftlichen Misere ist also Gorbatschow. Im zweiten Brief steht: »Reformen ankündigen!« Hat Jelzin auch getan. Aber in seinem Haß auf Gorbatschow hat Jelzin den abgesetzten Sowjetführer noch mehr gedemütigt, indem er dessen Institut zusperren ließ. Gorbatschow weiß allerdings, was im dritten Brief steht: »Schreibe als Sühne drei Briefe für deinen Nachfolger …«